# Ritter vom Frankenstein

ERNST-ULRICH HAHMANN

# Ritter vom Frankenstein

Das thüringische-fränkische Adelsgeschlecht der Dynasten von Frankenstein, welches aus einer Seitenlinie der Grafen von Henneberg abstammte.

Bibliografische Information der Deutschen Nationalbibliothek. Die Deutsche Nationalbibliothek verzeichnet diese Publikation in der Deutschen Nationalbibliothek, detaillierte bibliografische Daten sind im Internet über http://dnb.ddb.de abrufbar.



Umschlagentwurf und Layout: Ernst-Ulrich Hahmann

1. Auflage 2011
Verlag Resch im Meininger Druckhaus GmbH

© 2025 Ernst-Ulrich Hahmann / 2. überarbeitete Auflage

Verlag: BoD · Books on Demand GmbH,
Überseering 33, 22297 Hamburg, bod@bod.de

Druck: Libri Plureos GmbH, Friedensallee 273,
22763 Hamburg

ISBN: 978-3-7693-0269-1

# Inhalt

# Vor über 100 Jahren

(Prolog zum 1. Spendenkonzert „Frankenstein")

Habt Ihr dort drüben, ragen
den Frankenstein gesehn,
um die Mären und Sagen
wie Nebelschleier weh'n.
Habt Ihr geschaut von droben
das grüne Wiesenland,
die Berge von Wald umwoben
des Flußes silbernes Band.

Es kam vor tausend Jahren
mit manchem reißigen Knecht,
aus fernem Land gefahren
ein mannliches Geschlecht.
Sie brachen der Erde Rippen,
mit Armen bärenstark
und bauten ein Schloß auf Klippen
und herrschten über die Mark.

Wo ehemals Tauben girrten
und Häher kreischten und Weih,
die Gere und Brunnen klirrten
in fröhlichen Turnei.
Und wo sonst braune Schnitter und Schäfer sangen im Ried,
da sang der fahrende Ritter zur Harfe sein Minnelied.

Jahrhunderte kamen und gingen,
es blasste des Hauses Glanz.
Da sank von Türmen und Zinnen
das Dach und der Mauer Kranz.
Und wieder stand am Pferge,
der wetterbraune Hirt
und über Saaten die Lerche,
zum Himmel singend schwirrt.

Doch wenn die Sterne schimmern
und spenden bläulichen Schein,
vernimmt man ängstlich Wimmern
und Stöhnen im Frankenstein.
Dann steigten aus den Gruften,
die Geister blass und bleich
und schweben in den Lüften
dem flatternden Nebel gleich.

Wir alle wollen erlösen
vom Geisterspuk das Land.
Es halten die Geister des Bösen
den fröhlichen Menschen nicht stand
beim Lachen der Mädels und Frauen
wird's angst den Gespenstern und bang'.
Es überkommt sie das Grauen
bei Sang und Becherklang.

Es soll eine Warte sich heben
zur Zierde, zum Schutz empor.
Und neues und freudiges Leben
den Einzug halten durchs neue Tor.
Ihr Herren und schönen Frauen,
schaut mild und gnädig drein
und helft uns neu erbauen
den alten Frankenstein.

Meiniger Dichter Rudolf Baumbach

7

# Prolog

*Die Gründung der Burg fällt etwa in den Zeitraum zwischen dem 6. und 8. Jahrhundert. Sie wurde erbaut durch einen Gaugrafen der Ostfrankenkönige. Die Überlieferungen beginnen mit Karl von Frankenstein um 816. Aus dem Namen „Frankenstein" gehen die Herkunft der Erbauer und die typische Steinbauweise hervor.*

*Die Befestigungsanlage war eine der ersten Steinburgen im Werratal und befand sich auf einem durch Steilabfall zur Talaue der Werra geschützten Ausläufer eines Berges (344 m). Sie bestand aus einer mittelgroßen Kernburg von etwa rechteckiger Form mit einer Ausdehnung von etwa 80 bis 100 m zu 40 bis 60 m. Im Osten wurde die Anlage durch zwei vorgelagerte sichelförmige Wälle und Gräben gegen die höhere Bergkuppe abgesichert. An der lang gestreckten Flanke im Norden schützte die Burg ein relativ tiefer Halsgraben. Im Süden sicherte der 30 bis 50 m hohe natürliche Steilhang die Veste. Der Zugang erfolgte über einen in weitem Bogen aus der Ortslage Kloster heraufziehenden Feldweg. In die Burg gelangte man dann über eine mehrstufig gestaffelte Toranlage von Osten.*

*Die Ritter nannten sich nach ihrer neu ernannten Burg „Die Frankensteiner".*

*Die Stammburg der Frankensteiner stand also nicht auf der Höhe des Berges, sondern etwas unterhalb am Südhang, auch als „Kleiner Frankenstein" bekannt.*

*Die Dynastie der Herren von Frankenstein entstand aus einer Nebenlinie des Henneberger Hauses und erreichte im 12. und 13. Jahrhundert durch den Erwerb hersfeldischer, fuldischer und thüringischer Lehen den Höhepunkt seiner Macht.*

*Das Adelsgeschlecht herrschte im Werragebiet von Wernshausen bis über Eisenach hinaus.*

*Die gewaltsamen Versuche der Familie von Frankenstein, ihr Territorium auszuweiten und sich zu ihren Lehnsherren zu entwickeln, scheiterten jedoch, sodass es im Jahre 1265 zur Zerstörung der Burg kam.*

*Nach dem Wiederaufbau der Befestigung kam es erneut zu kämpfen, und so musste diese, Heinrich von Frankenstein 1311 endgültig an Fulda abtreten.*

*Der Zusammenbruch des Herrschaftsgebietes der Frankensteiner in den ersten Jahrzehnten des 14. Jahrhunderts führte zu einem bedeutenden Wendepunkt in der westthüringischen Gebietsgeschichte. Für den Niedergang des Frankensteiner Geschlechtes waren vorwiegend innere Probleme verantwortlich. Einerseits war es das Erstarken der Abtei Fulda, die mit Erfolg versuchte, die aus entfremdetem Klosterbesitz entstandenen Zaunherrschaften wieder zurückzugewinnen. Andererseits drangen die Henneberger, deren das Stift Würzburg im 13. Jahrhundert den Weg nach Süden versperrte, in Richtung des Thüringer Waldes vor.*

*Die Frankensteiner teilten das Schicksal zahlreicher Dynasten Geschlechter, die zu schwach waren, um sich auf Dauer gegen so starke Gegner wie die Abtei Fulda oder die Henneberger behaupten zu können. Obwohl sie einen zähen und gelegentlich erfolgreichen Widerstand leisteten, wurden sie langsam aber sicher aus dem von ihren Vorfahren erworbenem Erbe herausgedrängt. Verschärft wurde diese Situation noch durch die Entfremdung der Brüder, die sich gelegentlich feindlich gegenüberstanden. Dies erlaubte dem Stift von Fulda, einzeln mit ihnen zu verhandeln und sie zu ungünstigen Verträgen zu zwingen.*

*Fulda hatte stets sein Augenmerk nicht nur auf den Erwerb von Besitzansprüchen, sondern vor allem auch auf Hoheitsrechte gerichtet.*

*Um als Frankensteiner in dem wechselvollen Kampf bestehen zu können und um ihre Herrschaft zu erhalten, schlossen diese eine große Zahl von meist bald wieder gebrochenen Verträgen mit Würzburg, Henneberg, Thüringen und Fulda ab.*

*Auf diese Verträge wurde bis in das 18. Jahrhundert hinein bei immer wieder zu begründenden territorialen Ansprüchen zurückgegriffen. Als die wesentliche Ursache des Niederganges der Frankensteiner erscheint ihre Verschuldung.*

<u>Bild 1:</u> Ein aufrecht stehender nach der linken Seite gekrönter Löwe mit aufrecht stehendem Schwanz. Auf dem gekrönten Helm ein ausgebreiteter schwarzer Adlerflug.
*„Der springende Löwe"*, das Wappen der Herren von Frankenstein.

# Ritter vom Frankenstein

Auf dem südwestlich etwas tief liegenden Bergkegel, rechts der Werra, dicht über dem Ort Kloster Allendorf bei Bad Salzungen, befindet sich eine geschichtlich denkwürdige Stätte. Hier stand einst die Stammburg des Dynasten Geschlechtes der Herren von Frankenstein.

Im Jahre 326 boten die Thüringer durch ihren Abgesandten den Frankenkönig Clodomir das zwischen den Thüringern und den Schwaben gelegene Maingau an, mit dem Ziel das dieser Landstrich zwischen ihnen und den Schwaben gleichsam als Mauer diente und zwischen den Franken und den Thüringern eine gute Nachbarschaft herrschte.

So zogen 30.000 Franken mit Weib und Kind über den Rhein in das angewiesene Land. Gleichzeitig wichen die Thüringer über den Wald in ihre früheren Besitzungen zurück.

Unter dem Herzog Genebaldo, des Königs Clodomiri Bruder vermehrten sich die Franken und weiteten ihre Macht immer mehr aus.

Um das Jahr 447 hatte der fränkische König Merovaeus dem vornehmen fränkischen Ritter Herman den Landstrich von Salzungen bis an den bei Eisenach gelegenen Mittelstein zur Herrschaft übertragen unter der Bedingung, dass er das Lehn darüber von dem fränkischen König empfangen sollte.

Zu diesem Zeitpunkt war die Gegend noch weitgehend unbewohnt und mit Gehölz und Wald bewachsen.

Dieses sollte sich jetzt ändern.

Die Nutzung der Salzunger Solequellen war als ein Siedlungskern fördernd und bestimmend für die Anlage einer Burg.

Mit der Zeit vollzog sich nun die Kultivierung dieses Landstriches, der Region um Salzungen, als auch der Dörfer des Thüringer Waldes die in der Gegend bis nach Eisenach lagen.

Ja, gar der Berg, worauf die Wartburg entstand, wurde den Frankensteinern vom König übergeben.

Ob die Veste auf dem Frankenstein der Sage nach, bereits nach 447 oder erst nach dem Untergang des alten Königreiches Thüringen im Jahre 531, wo die Franken und die Sachsen die Thüringer zuerst bei Waltershausen, dann in der Schlacht an der Unstrut besiegten gebaut wurde, ist heute nicht mehr genau festzustellen.

Der Frankenkönig Theodorich hatte sich mit seinem Bruder Clothar verbündet und Irminfried angegriffen.

Die beiden brachten mit ihren Heerscharen die Thüringer zum Wanken und verfolgten diese bis zur Unstrut.

Hier soll jedoch ein solches Morden unter den Thüringern entstanden sein, dass das Bett des Flusses von der Masse der Leichnamen zugedämmt wurde und die Franken über sie, wie über eine Brücke, auf das jenseitige Ufer zogen.

Die Entstehung der Burg verschwindet somit im Dunst der Vergangenheit.

In der Zeit nach 531 wurden eine große Anzahl Königsgüter, fränkische Zwingburgen und Warten an solchen Plätzen errichtet, die für die Beherrschung und etwa nötige Verteidigung des eroberten Landes geeignet waren.

Dafür kamen vor allem Flussübergänge oder überhaupt Knotenpunkte des Verkehrs, manchmal auch Berghöhen mit beherrschendem Überblick in Betracht.

Eine der wichtigsten Aufgaben war es, die großen Heer- und Handelsstraßen zu schützen.

So entstanden aus Richtung Westen kommend, entlang des Werratals mit Sicherheit auch die Krayenburg, die Burg Altenstein und die Burg Liebenstein.

Die Burg Frankenstein könnte auch dazugehören.

Ihre Aufgaben bestanden darin, die Heerstraße durch den Moorgrund über den Gebirgskamm bei Altenstein zu schützen.

In diese Zeit fiel auch die fränkische Besiedlung des Werragrundes. Es wurden fränkische Siedler, die Bauern und Krieger zugleich waren, in die eroberten Gebiete geschickt.

Das Werragebiet von Eisfeld bis nach Salzungen entwickelte sich zu einem wichtigen Militärgrenzland, mit sogenannten *„Königshöfen"*, wie Breitungen, Salzungen und Dorndorf. Es entstanden gleichzeitig zahlreiche Haufendörfer um Salzungen und Reihendörfer in den Tälern, Schluchten und an den Hängen des Thüringer Waldes.

Die Einsetzung der fränkischen Ritterschaft im Salzunger Gebiet fiel zwischen die Zeit von 531 und 775.

Die Franken begannen, in den eroberten Gebieten sogenannte Herzöge und Gaugrafen zu benennen, welche für die Verwaltung der neuen Reichsteile verantwortlich gemacht wurden.

Diese Ämter begleiteten nicht die Franken selbst, sondern auch einheimische Adlige. Die thüringischen Adligen wurden als Gaugrafen feste Stütze des fränkischen Reiches. Sie gelangten jedoch nie zur eigentlichen herzoglichen Gewalt, wahrscheinlich weil ihr Gau mehr zum Schutze des aus Thüringen gebildeten Ostfranken als des durch Teilung sehr verkleinerten Thüringen diente.

Eine Festigung und Ausbildung einer dauerhaften Macht verhinderte der stete Wechsel der hier mit der Macht beauftragten Markgrafen, die meist sogar Fremde waren und denen damit die Stütze des persönlichen Ansehens und Reichtums im Lande fehlte.

Unter den Orten an der Werra und ihren Nebenflüssen befinden sich ohne Zweifel auch solche, die zwar urkundlich als fränkische Königs- oder Herrenhöfe bezeugt, keineswegs aber erst von den Franken gegründet worden sind, sondern schon lange vorher bestanden.

Dazu gehört auch Bad Salzungen, wo man nicht nur Spuren vorgeschichtlicher Besiedlungen auffand, sondern schon im Jahre 58 n.Chr. Chatten und Hermunduren um Stätten der Salzgewinnung miteinander kämpften, was nach dem römischen Geschichtsschreiber Tacitus *„an einem Grenzfluss"* geschehen sei.

Sicher ist aber, dass in Bad Salzungen schon in früher Zeit Salz gewonnen wurde, und deshalb ist hier auch mit gutem Grund bereits eine vorfränkische Besiedlung anzunehmen.

Als Salzungen mit seiner Saline 775 erstmals urkundlich erwähnt wurde, war es bereits Königsbesitz.

Die Burg könnte aber auch erst im Jahre 785 entstanden sein, als Karl der Große nach einem Aufstand eines (thüringischen) Grafen viele Thüringer verbannte.

So besteht die Wahrscheinlichkeit, dass die Erbauung der Burg, in den Zeitraum zwischen dem 6. Jh. und 8. Jh. fällt.

Aus dem Namen *Frankenstein* gehen eindeutig die Herkunft der Erbauer und die typisch fränkische Steinbauweise hervor. Die hier eingezogenen fränkischen Ritter nannten sich nach ihrer neu erbauten Burg, eben von *Frankenstein*.

Der Name *Frankenstein* lässt auf einen Steinbau schließen.

Mauerwerksuntersuchungen zur Entstehung der Burgen im Werragebiet wurden bereits vor vielen Jahren durchgeführt, vor allem an der Krayenburg und dem Schloss Altenstein. Teile der untersuchten Burgen, obwohl später teilweise vermauert, konnten auf das 8. Jh. datiert werden.

Die schriftlichen Überlieferungen der Herrschaft der Herren von *Frankenstein* beginnen 816 mit Karl von *Frankenstein*. Jedoch wird der dritte Sohn des Grafen von Henneberg Boppo II. von einigen als Ahnherr der Dynasten von *Frankenstein* gehalten.

Ludwig I. war Domherr zu Bamberg und Würzburg.

Die weiteren Erwähnungen von Sodobold (860) und Walther von *Frankenstein* (943) sind ebenso wie die Karls von *Frankenstein* nur in Chroniken vorhanden.

923 versuchten die unmenschlichen Hunnen, die mit 200.000 Mann in Thüringen und Sachsen eingefallen waren, ihr Heil an der Burg *Frankenstein,* mussten aber dieselbe unerobert lassen.

Jedoch zündeten sie Salzungen an und die Stadt ging in Flammen auf.

Walter von *Frankenstein* soll im Jahre 942 die von den Ungarn verschütteten Salzbrunnen wieder hergerichtet haben, so erzählt es eine Salzunger Chronik.

Unter den Wohltätern und Stifter für das Kloster Breitungen befanden sich auch die Herren von *Frankenstein*. Sie trugen in den Jahren 946, 970 und 1019 nicht wenig mit dazu bei, dass die sehr zerfallenen Gebäude des Klosters wieder instandgesetzt wurden.

Dies geschah in einer Zeit, wo bitten und betteln für jedermann allenthalben erlaubt waren. So war es auch weiter nicht verwunderlich, dass auch das Schenken und Verehren an keinem Ort verwehrt blieben.

Die Linie von Gotebold II., der Bruder von Boppo II. zerfiel sehr rasch in die Häuser Irmelshausen-Lichtenberg-Sternberg-Habesberg, (Stadt-) Lengsfeld-Frankenstein-Ebenhausen und angeblich auch Wasungen.

Bild 3: Das Leben auf der Burg - die von einem langen Ritt durstigen Ritter wurden bei ihrer Rückkehr auf der Burg mit einem Krug Wein empfangen.

Der Stammvater dieser Linie wurde noch im Jahre 1116 zweimal urkundlich erwähnt; in der einen Urkunde schenkt er dem Kloster Fulda ein Eigengut zu Salzungen. In einer zweiten Urkunde erscheint Boppo II. letztmals unter den Lebenden, hier bezeugt er mit seinem Bruder Gotebold eine Schenkung des Grafen Erwin von Gleichen an das Kloster Reinhardsbrunn.

Danach verschwinden die chronologischen Angaben über die Frankensteiner Herren. Es ist anzunehmen, dass Walther, der laut Chronik eine Ehe mit einer Hennebergerin einging, kinderlos starb und somit sein Erbteil an die Henneberger Grafenfamilie fiel.

Das Geschlecht der Frankensteiner wurde von Ludwig von *Frankenstein*, einem Sohn Boppos II., des Kreuzfahrers, von Henneberg gegründet, der der Überlieferung nach bereits 1131, allerdings ohne Herkunftsname, bekannt war. Er trat erstmals im Jahre 1137 in das grelle Licht der Geschichte.

Es erschien ein *„Ludewicus de Leingesfelt“* als Zeuge in einer von dem Hersfelder Abt Heinrich für das Hospital in Königsbreitungen (Frauenbreitungen) ausgestellten Urkunde.

Ludwig nannte sich anfangs keineswegs von *Frankenstein*, sondern von (Stadt-) Lengsfeld. Der aus dem hennebergischen Grafengau stammende Edle führte einen springenden Löwen in seinem Wappen.

Eine Gleichsetzung der Herren von Lengsfeld mit dem Frankensteiner gewinnt an Wahrscheinlichkeit, wenn man berücksichtigt, dass Siboto II. von *Frankenstein* im Jahre 1235 seine Burg Lengsfeld der Abtei Fulda als Lehen auftrug und noch 1306 der Edle Ludwig von *Frankenstein* zum fuldischen Erbburgmann auf Lengsfeld bestellt wurde.

So begann im Jahre 1152 die urkundlich nachgewiesene Geschichte der Frankensteiner.

Der Burgname *Frankenstein* wurde erstmals in einem Diplom genannt, als Ludwig I. von *Frankenstein* nach Graf Boppo IV. von Henneberg eine Schenkung des würzburgischen Bischofs Gebhard von Henneberg an das Steigerwald Kloster Ebrach bezeugte.

Über die Anfänge des Hauses Henneberg, in der bereits der Name *Frankenstein* auftauchte berichtet die „*Historia brevis prineipurn Thuringiae*".

Die sinngemäße deutsche Übersetzung lautet dazu:

*„Hildegard, welche mit dem Grafen Boppo von Henneberg verheiratet war, empfing von ihm zwei Söhne: Boppo und Gotebold. Boppo der Jüngere zeugte drei Söhne: Boppo von Irmelshausen, Ludwig von Frankenstein und Gotebold von Wasungen."*

<u>Quelle:</u> Dr. Bergmann, die Burg Metilstein bei Eisenach – Legende und Wirklichkeit. In Straßen und Burgen um Eisenach, Eisenach 1993, Seite 77-91

Ludwig von *Frankenstein*, der mittlere Sohn Boppos II. war also der Stammvater der Herren von *Frankenstein*.

Die Herrschaft der Herren von *Frankenstein* nahm einen glänzenden Aufstieg, der kaum hundertjährig halten sollte.

Burgmänner auf dem *Frankenstein* waren:

- *1137    Ecbertus*
- *1160    Folcbert*
- *1168    Henricus*

Ab 1137 befand sich das erbliche Lehensverhältnis über Salzungen, besonders von Fulda ausgehend bei den Dynasten von *Frankenstein*.

Die Königsgewalt war damit verdrängt.

Der Titel Ludwigs I. spiegeln die schwankende Stellung wieder, die der Abkömmling eines alten

Adelsgeschlechtes unter den Dienstmannen des Stiftes Hersfeld einnahm.

1153 erscheint die Nennung des Namens Ludwig I. in einer Urkunde Abt Heinrichs von Hersfeld für das Spital zu Königsbreitungen. Er erscheint hier als erster Name einer Zeugengruppe, die als hersfeldischer Ministeriale angeführt werden.

Ab 1158 führte Ludwig I. den Grafentitel.

Im Jahre 1156 schloss Boppo III. einen Kaufvertrag mit dem Pfalzgrafen Hermann von Höchstadt-Stahlbeck ab, durch den die Hermanns Burg *Habesberg* für 400 Mark Silber in den Besitz Boppos übergehen sollte. Da dieser aber nicht die gesamte Kaufsumme in bar aufbringen konnte, lieh er sich 120 Mark von dem Frauenkloster Wechterswinkel und übertrug diesem dafür verschiedene Güter und Einkünfte. Unter den Zeugen dieser Abmachung befand sich Ludwig von *Frankenstein* und dessen Bruder Gotebold.

Nach 1160 wurde Ludwig, zusammen mit seiner Gemahlin, seiner Tochter und seiner Enkelin in einer Hersfeldischen Urkunde erwähnt. In einer Aufstellung des fuldischen Mönchs Eberhard erscheinen *„Boppo et Goteboldus de Irmenolteshusen"* und *„Ludewigus de Frankenstein"* als fuldische Vasallen.

In dieser Urkunde wurde Ludwig ausdrücklich als *„Freier"* bezeichnet.

Ab 1167 erfolgte die endgültige Machtteilung der Frankensteiner.

Die drei Söhne, Ludwig II., Gottwald und Sigebodo/Siboto I. erreichten zusammen eine Machtausdehnung ihres Geschlechtes, die von Hilders über Eisenach und Waltershausen bis nach Wasungen reichte.

Das Verwaltungsgebiet der Frankensteiner erstreckte sich im Umkreis weit über Salzungen bis nach Gerstungen hinaus. Unter ihrer Herrschaft standen unter anderem die

Herren von Wildprechtroda, Reckenzell, Leimbach, Altenstein und Neuendorf.

Ihnen gehörten die Burgen Altenstein mit Neuenburg, die Krayenburg und wohl auch die bei Waldfisch gelegenen späteren Räubernester alter und neuer Ringelstein.

Als Vögte waren sie für Verwaltung und Rechtsprechung im Gebiet Salzungen zuständig.

Ludwig II. erhielt den Hauptanteil der thüringischen Besitzungen, inklusiv der Stammburg bei Salzungen.

Gottwald bekam Besitzungen der Vorderröhn und die Burg Frankenberg bei Helmers, nach der er später ein eigenes Geschlecht nannte.

Sigebodo wurde die Krayenburg mit ihrem Umfelde zuteil.

Die edlen Herren von *Frankenstein* waren damals schon die Besitzer von Stadt und Burg Salzungen.

<u>Bild 4:</u> Die Krayenburg, die erstmals in einer Urkunde vom 28. Juni 1155 erwähnt wurde, in welcher der Abt Willibold von Hersfeld von der Krayneburg als *„casum nostrum"* spricht, gehörte zu dieser Zeit, als hersfeldischer Lehnsträger, *„dem Dynasten-Geschlecht derer von Frankenstein"*.

Der Abt Konrad von Fulda versetzte 1197 seine Besitzungen in Salzungen, die Abt Heinrich III. daraufhin wieder einlöste.

1168 bezeugte Ludwig II. mit seinem Bruder Sigebodo I. eine Besitzbestätigung Abt Burkhards von Hersfeld für das Nonnenkloster (Frauen-) Breitungen.

1169 trat Sigebodo von *Frankenstein* allein in einer Urkunde für Kloster Breitungen auf, in der Bischoff Herold von Würzburg gewisse Güter von der Vogtei, die Boppo III. von Irmelshausen und sein Bruder Gotebold IV. darüber ausübten, befreite.

Der Nachweis Ludwig II. erfolgte 1172 zusammen mit einem ungenannten Bruder in einem Diplom Bischoff Hermanns von Bamberg für die Kartause Tückelhausen.

Alle drei frankensteinische Brüder bezeugten eine Urkunde Bischoffs Reginhards von Würzburg, deren Rechtsinhalt auf einem Hoftag zu Fulda 1170 verhandelt wurde.

Die Urkunde war auf 1171 datiert, wahrscheinlich deshalb, weil diese tatsächlich erst 1175/76 ausgestellt wurde.

1176 befinden sich die drei frankensteinischen Brüder in einem Tausch zwischen den Klöstern Hersfeld und Wechterswinkel

Eine weitere Bischoffsurkunde bezeugten im Jahre 1176 Ludwig II. von *Frankenstein* und sein Bruder Sigebodo I. vor Poppo III. von Lichtenberg und dessen Bruder Gotebold.

Wiederum in Urkunden des Klosters Wechterswinkel erschien Ludwig II. von *Frankenstein* in den Jahren 1179 und 1183.

Kurze Zeit danach schien Ludwig II. von *Frankenstein* oder ein gleichnamiger Angehöriger des Geschlechts seinen Sitz nach Ebenhausen verlegt zu haben, denn im Jahr 1185 bezeugte ein *„Ludewicus de Ebenhusen"* eine Bischofsurkunde für dasselbe Kloster.

Noch 1196 trat Ludwig mit dem Beinamen „*von Eben-hausen*", zwischendurch allerdings immer wieder als von *Frankenstein* auf, dies 1188 in einer Bischofsurkunde für die Zisterzienserabtei Bronnbach und 1194 zusammen mit einem ungenannten Bruder in einem Diplom für Ebrach.

Die Herren von *Frankenstein*, die sich im 13. Jahrhundert „*nobiles*" nannten, waren thüringische Vasallen, Hersfelder und Fuldaer Ministrale und nutzten deren Machtkampf geschickt für sich aus.

Der mächtigste Frankensteiner, Ludwig II. starb kinderlos.

Sein Erbteil ging an seinen Neffen Albrecht (1200).

Albrecht, der stark von kirchlichen und künstlerischen Wertvorstellungen geprägt war, wirkte 1209 als „*Schiedsrichter*" im Breitunger Streit um das Patronatsrecht sowie der Wahl und Investitur des Abtes zwischen Breitungen und Hersfeld.

In dem Krieg, den der Herzog Philipp von Schwaben und Otto von Braunschweig im Jahre 1212 miteinander führten, war der Landgraf Hermann von Thüringen auf Philipps Seite und somit auch die Frankensteiner in die Auseinandersetzung verwickelt.

Otto IV. rückte mit seiner Heeresmacht aus Franken in Thüringen ein und eroberte auf seinem Wege Salzungen und die Burg.

1223 vermachte Albrecht von *Frankenstein* zu seinem Seelenheil dem Kloster in Herrenbreitungen 9 Hufen zu Oberrohn.

Die Frankensteiner nutzten den Übergang des Klosters Herrenbreitungen von den Landgrafen von Thüringen an Hersfeld, um sich in den Besitz der Vogtei zu setzen.

Als Vogt von Herrenbreitungen erschien Ludwig III. von *Frankenstein* in den Jahren von 1226 bis 1265.

Das Geschlecht der Frankensteiner leistete sich Übergriffe gegen das ihrem Schutz anvertraute Kloster Herrenbreitungen.

In den verschiedentlichen Streitigkeiten (1232, 1249, 1252, 1259) zog meist das Kloster den Kürzeren.

Der entscheidende Augenblick für die Entfaltung der Frankensteiner Macht war das Scheitern der Hersfeldischen Pläne, die Abtei Herrenbreitungen völlig in ihre Hand zu bekommen. Die Hersfelder hatten jede unmittelbare Ausdehnungspolitik an der oberen Werra aufgegeben und nur die Lehnsherrschaft über die frankensteinischen Besitzungen behauptet.

1231 gehörte Sybodo von *Frankenstein* die zwischen Dorndorf und Dermbach gelegene Stadt und Burg Lengsfeld.

Albrecht konnte durch die enge Freundschaft mit dem Minnesänger Otto von Botenlauben besonders in Würzburg einflussreiche Kontakte knüpfen, die jeglichen Schaden von seinem Machtbereich abhielten.

Dass Albrecht eine kluge Politik vertrat, zeigt auch der Inhalt einer Urkunde aus dem Jahre 1232:

*„Albert und dessen Sohn Ludwig von Frankenstein bekennen, den Wald Dicke, den vordem die Kirche Königsbreitungen rechtlich besessen hat, sich in ihrem guten Glauben aber widerrechtlich angemaßt und geschlagen zu haben, dann aber, von ihrem Unrecht überzeugt, in den angegebenen Grenzen zurückzugeben zu haben. "*

<u>Quelle:</u> Frankensteiner Heimatblätter, 2. Jahrgang, Februar 1992, Nr. 8, Seite 5.

Papst Georg IX. intervenierte 1233 zugunsten Albrecht von *Frankenstein* und das von ihm auf seinem Grund und Boden zu Salzungen erbauten Hospitals St. Johannes.

Mit der erblichen Machtübernahme durch Ludwig III., Albrechts Sohn, begann das grausamste Kapitel im Buche über die Frankensteiner Geschichte.

Der allgemeine Niedergang vieler Kleinherrschaften machte auch hier nicht halt.

Ludwig betrieb eine Politik von Raub und Mord und ward bald als Raubritter verrufen. Als Ausfallsort für seine Raubzüge lag die Burg *Frankenstein* günstig in der Nähe des nach Westen weisenden Verkehrsweges.

Die wichtigsten Punkte dieser Handelsstraße waren Niederschmalkalden-Todenwarth, der Eingang zum Werratal, Barchfeld, die Wegegabelung nach Marksuhl-Eisenach und Salzungen-Vacha.

*Ein Gewitter zog über die Berge des Thüringer Waldes heran. In unheimlichen Schwaden jagten blauschwarze Wolken über den sich verfinsternden Himmel. Heulen und Brausen pfiff um die Burg, die auf einem durch Steilabfall zur Talaue der Werra geschützten Ausläufer einer Anhöhe sich emporreckte.*

*Fahlgelbes Licht breitete sich über den bewaldeten Höhen aus.*

*Grelle Blitze zuckten aus regenschweren Wolken herab.*

*Krachender Donner rollte durch die Berge.*

*Und schon klatschte und prasselte das Unwetter, auf den Mann mit Nasenhelm, der im Kettenhemd auf der Burgmauer stand, herab.*

*Imnu hüllte der Regenschauer die Landschaft in einen dichten Schleier. Nichts war mehr zu erkennen.*

*Schutzsuchend in einer Mauernische versuchte der triefend nasse Burgmanne mit seinen Blicken den undurchsichtigen Regenschleier zu durchdringen.*

„Verflucht!" schimpfte er vor sich hin. „Bei diesem Sauwetter, da geht uns noch der verfluchte Kaufmann durch die Lappen!"

Es hatte sich bis zur Burgbesatzung herumgesprochen, dass wieder mal ein reicher Kaufmann mit seiner Ware nach den westlichen Ländern unterwegs sei. Und da blieb diesem nichts anderes übrig als den Handelsweg, der in unmittelbarer Nähe der Burg vorbei führte, zu nutzen.

Schlechte Zeiten mussten es schon für den Frankensteiner sein, wenn er ahnungslose Reisende überfiel, um sich an ihrem Hab und Gut zu bereichern.

Je mehr die Gewalt des Unwetters an Stärke zunahm, desto tiefer verkroch sich die Gestalt auf der Mauer in den Schutz der Nische.

Das Unwetter wollte und wollte nicht weiterziehen. Es hing tief über der Werraaue und entlud sich mit all seiner Kraft.

So wie alle Unwetter, zog auch dieses endlich weiter. Die dunklen Wolken lösten sich auf und klar leuchtete der Himmel mit den letzten Strahlen der untergehenden Sonne über den Bergen des Thüringer Waldes.

Die Natur schien in stiller Feierlichkeit zur Ruhe zu gehen.

Die hinter den bewaldeten Anhöhen langsam versinkende Sonne warf ihr purpurnes Kleid über die mit zahlreichen Bäumen bewachsenen Kuppen, während aus der Tiefe der Täler her, an den dunkelgrünen Hängen langsam die Nacht herankroch.

Für die Schönheit der Natur hatte der gewappnete Mann keinen Blick übrig. Er schaute angestrengt in die Richtung der Todenwarth, aus der der Handelsmann kommen musste.

Und da, bewegte sich da in der Ferne nicht etwas?

Und, als das etwas immer näher kam, schälten sich die Konturen eines Planwagens heraus, den vier Pferde zogen.

*Das konnte nur der zu erwartende Handelsmann sein.*

*Sofort schlug der Mann auf der Mauer Alarm. Noch ehe dieser den Burghof erreichte, saßen bereits die anderen Ritter auf ihren Pferden, an der Spitze der Frankensteiner.*

*„Los beeile dich!" empfing ihn das Gebrüll seiner Kumpane.*

*Im wilden Galopp jagte die Meute zum Burgtor hinaus und galoppierten den sich im weiten Bogen hinziehenden Feldweg hinunter.*

*Dumpf hallten die Hufschläge der zahlreichen Reiter auf dem noch nassen Weg. Jedes Mal, wenn die Pferdehufe durch eine der zahlreichen Pfützen, die sich durch den Regenguss gebildet hatten, galoppierten, spritzte das Wasser zur Seite.*

*Hochaufgerichtet, das Schwert am Gürtel und das Schild am Sattelknauf hängend saßen die Männer auf ihren Pferden. An der Spitze der reitenden Horde trieb der Frankensteiner seinen kräftigen Braunen vorwärts. Zum Schutz seines Hauptes trug er ebenfalls den eisernen Nasenhelm.*

*Im wilden Galopp ging es am Werraufer entlang, bis die Reiter ein dichtes Gestrüpp in unmittelbarer Nähe des Handelsweges erreichten.*

*Der Frankensteiner hob den rechten Arm und wies in Richtung des Gesträuchs, in dem er nach kurzer Zeit verschwand.*

*Die Ritter folgten ihm, um sich im dichten Unterholz in den Hinterhalt zu legen.*

*Kein klirren der Rüstung, klappern des Schwertes oder ein unwilliges Schnauben eines der Pferde unterbrach die Geräusche der idyllischen Natur.*

*Das Zirpen der Grillen, die pfeifenden Laute kleiner flinker Mäuse, die durch das dichte Flussgras huschten und das Gezwitscher zahlreicher Vögel hingen in der vom Regen gesäuberten Luft.*

*Ahnungslos näherte sich der Kaufman, hoch auf den schwankenden Planwagen sitzend. Vollgeladen war dieser mit Bettzeug und Kleidung, Korn und der üblichen Handelsware. Vom Bock herab trieb er die Pferde mit „Hü" und „Hot" an.*

*Rumpelnd über den noch vom Regen feuchten Weg holpernd näherte sich der Wagenzug dem Waldstück.*

*Mal leises Rascheln, dann ein Fiepen wie von jungen Mäusen war aus dem Gebüsch zu hören. Hin und wieder schliff auch etwas über den Boden. Die vielstimmige Sprache der Natur, also nichts Ungewöhnliches.*

*Dann ging alles sehr schnell. Wie Schatten tauchten die Reiter mit gezogenen Schwertern zwischen dem dichten Gesträuch auf. Leichte Beute hoffend schwärmten sie aus und umkreisten das Fuhrwerk, um diesem den Weg zu versperren.*

*Aufgescheucht flogen im nahen Waldstück die Vögel durch die Luft, ließen sich aufgeregt auf einen der Bäume nieder und schauten mit schräggehaltenen Kopf neugierig auf das Treiben herab.*

Bild 5: Raubritter überfallen Reisende.

„Anhalten! Sofort anhalten!" brüllte der Frankensteiner.

Gleichzeitig bemühte sich ein anderer Reiter die Pferde zum Stehen zubringen, in dem er diesen in das Ledergeschirr fiel.

Die Pferde der anderen Ritter tänzelten auf der Stelle, stiegen auf den Hinterbeinen in die Höhe oder drehten sich im Kreise.

Zitternd vor panischer Angst und bleich im Gesicht schaute sich der Kaufmann in der Runde der gewalttätigen Reiter um, die ihren Nasenhelm tief heruntergezogen hatten.

Hoch auf den Braunen sitzend betrachtete der Frankensteiner das sich ihm bietende Bild.

Der erste Schrecken schnürte dem Kaufmann die Kehle zu und dieser bekam kein Wort über die Lippen.

„Was klotzt du so!" herrschte ihn der Frankensteiner an. „Wir tun dir nichts, wollen nur deine Ware haben!"

Einer der Ritter näherte sich dem Wagen, ergriff den Kaufmann am Kragen, riss ihm vom Bock und schleuderte diesen kurzerhand auf den Weg.

Sich überschlagend blieb die Gestalt des Mannes jammernd vor Schmerzen am Boden liegend.

Keinen weiteren Blickes würdigend kümmerten sich die Ritter um ihre Beute, durchsuchten den Wagen und waren zufrieden mit dem Raub.

„Los lasst uns verschwinden!", befahl der Frankensteiner. „Wir haben, was wir wollten!"

Urplötzlich galoppierte die wilde Meute an. In ihrer Mitte befand sich das Pferdefuhrwerk des Kaufmannes. In wilder Jagd ging es im rasenden Galopp in Richtung des Frankensteins davon. Bei jedem Schlagloch sprangen die eisenbeschlagenen hölzernen Speichenräder des Wagens in die Höhe.

Zurück blieb der jammernde Kaufmann.

Ludwig III. erbte leider nichts von der großzügigen Haltung seines Vaters.

Zu diesem Zeitpunkt war eine Ausdehnung des fuldischen Herrschaftsgebietes nach Süden und Südosten objektiv nicht möglich.

Die Expansion der Abtei Fulda richtete sich daher gegen die Herrschaft der Frankensteiner.

1245 erwarb Fulda das von den Frankensteinern an den Deutschritterorden abgetretene Amt Lengsfeld.

Ab diesem Zeitpunkt waren die gewaltsamen Auseinandersetzungen zwischen Fulda und den Frankensteinern unvermeidlich.

Im Jahre 1249 erscheint in einer Frankensteiner Urkunde der Name Luitgard von Sternberg. Eine Tochter Alberts, die Heinrich von *Frankenstein* heiratete machte noch 1312 mit Zustimmung ihrer Erben, der Brüder Heinrich senoir und Ludwig von *Frankenstein*, eine Stiftung an das Kloster Herrenbreitungen.

1252 gelobte Ludwig mit seinen Burgmannen dem Abt Werner von Breitungen, die Klosteruntertanen nicht ihres Viehs berauben zu wollen.

Auch seinen Sohn sollte er daran hindern.

In Ludwigs Regentenzeit fiel auch die Erbauung der Wallenburg bei Trusetal (1247), die vor allem dem Schutz der Gruben, Schmelzöfen und Hammerwerke galt, von der jedoch auch kriegerische Fehden ausgingen.

Herrenbreitungen musste sich für die Aneignungen des Hainberges bei Herges mit einer nicht sehr bedeutenden Entschädigung und der Oberlehnsherrschaft über die neugegründete Burg begnügen.

Auch die um 1200 an die Frankensteiner veräußerte Burg Scharfenberg (bei Thal) wurde in Ludwigs Zeit ein Ort kriegerischer Auseinandersetzungen.

Im thüringischen Erbfolgekrieg (1247-63) verteidigten die eingesetzten Burgmänner, die Herren von Cobstedt, die Burg gegen den Markgrafen Heinrich den Erlauchten und zwangen den Feind mithilfe von Henneberger und Frankensteiner Ritter zum Abzug (1260).

Ludwig, der aufgrund der vielen Machtkämpfe das Amt des Schirmvogtes zu Frauenbreitungen kaum noch wahrnehmen konnte, nahm im Jahr 1241 am Kampf gegen die Tataren teil. Er kehrte aus dieser kriegerischen Auseinandersetzung wohlbehalten zurück.

In der Zeit zwischen 1240 - 1260 gingen auch von den anderen Machtzentralen der Frankensteiner erhebliche Aktivitäten aus.

So wurde z. B. die Krayenburg, deren Burgherr mittlerweile Sigebodo II. war, weiter ausgebaut, und auch die Burg Lengsfeld befand sich nun in seinem Besitz.

In der Mitte des 13. Jahrhunderts hatte die Macht der Frankensteiner seinen Höhepunkt erreicht. Der Versuch sich, gegen die stärkste Macht in ihrem Einflussbereich, gegen Fulda durchzusetzen, scheiterte jedoch.

Durch Nichtwahrung der kirchlichen Ämter wurden die Frankensteiner 1256 exkommuniziert.

Ludwig von *Frankenstein* musste im Jahre 1258 zur Sühne für seine Überfälle Einkünfte des Dorfes Waldfisch dem Abt von Breitungen sowie Bürgern der Städte Mühlhausen, Magdeburg und Köln abgeben.

Das Stift Hersfeld konnte um 1260 die Burg *Frankenstein* bei Salzungen einnehmen und die weltliche Macht des Geschlechtes somit weiter schwächen.

Die Krayenburg dagegen war anscheinend von einer Einnahme durch Hersfelder verschont geblieben, denn Ludwig, sein Sohn Heinrich und der Fuldaer Abt Heinrich beschlossen 1263 einen Burgfrieden folgenden Inhaltes:

*„Es ergeht die Bestimmung, dass Ludwig und sein Sohn die Abtei Hersfeld an der Besitznahme des Schlosses Kraynbuerg hindern soll …"*

Quelle: Frankensteiner Heimatblätter, 2. Jahrgang, Februar 1992, Nr. 8, Seite 6.

Heinrich I., der noch zu Lebzeiten seines Vaters Burggraf auf der Krayenburg wurde, erwartete ein ungewisses Schicksal.

Zwischen den Abteien Hersfeld und Fulda gab es im Verlaufe der Jahrhunderte unzählige Fehden, deren Anlässe unterschiedlichster Natur waren.

So war es auch im Jahre 1265, wobei sicherlich Gebietsansprüche Fuldas die Hauptrolle spielten.

Heinrich von *Frankenstein*, der seinem Lehnsherren, dem Abt von Hersfeld, Treue geschworen hatte, musste diesem in den kriegerischen Auseinandersetzungen mit Fulda Gefolgschaft leisten.

Die als raue Gesellen bekannten Adligen lehnten sich gegen das Kloster Fulda auf.

Über den Kriegsverlauf gibt es einige, meist sagenhafte Berichte. Die glaubwürdigste Beschreibung gibt der Abt Schannat in seiner *„Fuldaischen Geschichte"*

*„Heinrich von Frankenstein floh mit seinen 40 Rittern nach der Niederlage Hersfelds auf seine Burg bei Salzungen und*

*verschanzte sich dort. Der Abt Bertheus folgte ihm, nahm
die Burg ein und zerstörte sie später mit herbeigebrachten
Mauerbrechern. "*

Quelle: Salzungen-Historischer Streifzug durch das Salzunger Land, Frankensteingemeine-Verein für Salzunger Geschichte e.V., 1992 Seite 34.

Damit war das Ansehen der Burgherren von *Frankenstein* stark geschwächt. Burgmann war um diese Zeit Theodosius de Lengsvelt.

Als Grund für die Fehde wurden Räubereien Heinrichs von *Frankenstein* angegeben. Es handelte sich aber wahrscheinlich um einen Versuch der Dynasten, sich in den Wirren des Interregnums ganz von Fulda zu lösen.

*Der Mond tauchte mit seinem fahlen Schein die feuchten Werrawiesen in ein silbernes Licht. Hier und dort ein Rascheln im saftig grünen Gras. Sicherlich wieselflinke Mäuse, die sich am Ufer der Werra tummelten. Von fern drang der Ruf einer Eule herüber.*

*In der am Ufer liegenden Stadt hatte sich der Lärm der Betriebsamkeit des Tages gelegt. Nur hier und dort zeugte gelblicher Schein, dass hinter dem Fenster noch Licht brannte.*

*Plötzlich hallten immer lauter werdende dumpfe Hufschläge zahlreicher Reiter durch die Nacht. Abgekämpft hockten die Männer auf ihren Pferden und galoppierten wie gehetzt Richtung Frankenstein.*

*Glitschig waren die Uferwiesen und die Reiter hatten Mühe, die Tiere auf dem rutschigen Weg im Zaum zu halten.*

*Hier und da kam ein grober Fluch über die Lippen der vom Kampf gezeichneten Gesichter der Ritter.*

*Bäume und dichtes Gebüsch, als verzerrtes undeutliches Gebilde, tauchten vor ihnen auf und hinter dem Gesträuch die dunkle Erhebung eines Berges.*

Der Frankenstein, auf ihm eine der ersten Steinburgen im Werratal.

Die 40 Ritter, die sich auf der Flucht vor den Truppen des Abtes Bertheus befanden, jagten durch den Ort Kloster, galoppierten auf ihren Pferden den Feldweg, der sich im weiten Bogen den flach ansteigenden Hang empor schlängelte, hinauf.

Von Osten her erreichten die abgehetzten Reiter die mehrstufig gestaffelte Toranlage der Burg.

Die Hufe der Pferde klapperten auf dem steinigen Weg, als die Schar durch die Tore in das Innere der Burg galoppierten.

Hinter ihnen schlossen sich knarrend in ihren verrosteten Angeln drehend die mächtigen Flügel der Tore mit einem dumpfen Knall.

Die Schlacht war geschlagen, die Hersfelder hatten verloren und der Frankensteiner, der dem Abt von Hersfeld Treue geschworen hatte, befand sich mit den 40 Rittern, die ihn begleiteten auf der Seite der Verlierer. Gerade noch rechtzeitig konnten sie sich absetzen und Richtung der Burg Frankenstein flüchten, in der Hoffnung hinter den Mauern in Sicherheit zu sein.

Eine trügerische Hoffnung.

Wie trügerisch die Hoffnung war, sollte sich bald zeigen. Der Fuldaer Abt Bertheus rückte mit seinen Truppen an, um die Burg im Sturm zu nehmen.

Einem Lindwurm gleich kroch aus der Niederung der Werra Aue die Heerschar des Fuldas Abt heran. Im Licht der aufgehenden Sonne glänzten Helme und Brustschilde, die langen geschliffenen Spitzen der Piken, der Hellebarden. Vorweg die Berittenen, gerüstet und bewaffnet mit Lanzen und Spießen, danach geschlossen, Haufen auf Haufen des Fußvolkes und zwischendrin das Ungetüm eines Mauerbrechers.

*Fast zum Greifen nahelag vor der Truppe des Abtes hoch oben auf dem Hügel die Burg Frankenstein. Die grauen Mauern wurden durch die Strahlen der Morgensonne in ein ganz besonderes Licht getaucht.*

*Hier und da hingen auf den Werrawiesen noch Nebelbänke.*

*Trompetengeschmetter erfüllte die Luft.*

*Der Boden dröhnte.*

*Wie toll gewordene Zentauren jagten die Truppen des Abtes über die Wiesen und Äcker den steilen Berg hinan.*

*Angehaltenen Atems lehnte sich der Frankensteiner über die Brüstung der Burgmauer.*

*Was würde geschehen?*

*Das Dröhnen der fuldischen Trommeln klang bis auf den Berg hinauf, als wollten sie die Mauern der Burg im Sturm erobern.*

*Der Abt von Fulda gab ungeduldig Zeichen. „Zum Teufel greift an, wofür bezahle ich Euch!" schienen die Gesten zu sagen.*

*Der Klang der Trommeln, der Schall der Hörner und die Schreie der Angreifer vereinigten sich zu einem höllischen Lärm.*

*Eiserne Bolzen stürzten auf die Angreifer herab.*

*Der Angriff stockte, aber nicht für lange.*

*Von Osten näherte sich den flach ansteigenden Hang empor das seltsame Gerät eines Mauerbrechers. Ein Gefährt, mit einem etwa 30 Meter langen, an einer Kette hängenden Balken. Die Spitze des Balkens mit Eisen verstärkt. Gezogen von sechs Pferden rumpelte die Kriegsmaschine auf dem Feldweg heran.*

*Beim Näherkommen konnte man deutlich die Überdachung erkennen, welche die am Mauerbrecher arbeitende Mannschaft gegen Geschosse, schwere Steine und Feuer schützen sollten.*

*Gemächlich pendelte der lange, an der Kette hängende Balken in der beweglichen Schere hin und her.*

*Etwa 100 Meter von der Burgmauer entfernt hielt der Mauerbrecher. Die Pferde wurden ausgespannt. Gleichzeitig verschwanden unter dem Schirmdach, auch Katze genannt, 20 und mehr Männer, um den Mauerbrecher mit Muskelkraft bis an die Burgmauer heranzuschieben.*

<u>Bild 6</u>: Mann gegen Mann wurde der Kampf um die Eroberung der Burg geführt.

*Da plötzlich schmetterte die Trompete, die Harsthörner gellten, und himmelan schallte das Schlachtgeschrei des anstürmenden Feindes.*

*Langsam rollte die schwere Maschine auf hölzernen Rollen vorwärts. Die unter der Katze befindliche Mannschaft schob sie näher und näher an das steinerne Hindernis, die Burgmauer heran. Und dann begann der Balken immer kräftiger hin und her zu schwingen und krachte mit Gewalt gegen das Mauerwerk.*

*Die Festungsmauer erzitterte.*

Erste Steine brachen aus der Mauer heraus.

Die Verteidiger der Burg warfen Gesteine, riesige Quader auf das Ungetüm hinunter, das es knirschte und stöhnte.

Es war jedoch alles vergebens, der Kriegsmaschine war nicht beizukommen.

Wieder und wieder krachte der Balken mit seiner Eisenspitze gegen die Mauer, in der sich bereits ein Riss nach dem anderen zu bilden begann.

Ohne Unterlass krachten Steine, selbst mit Steinen gefüllte Fässer von der Mauer herab. Auch Feuer wollte nicht gegen die Kriegsmaschine helfen.

Mächtig schwang unter der Katze der Sturmbock an der Kette hängend hin und her krachend gegen die Mauer, dass sie erbebte.

Mit Takt des Sturmliedes und unter wildem Kriegsgeschrei wurde der wuchtige Balken in Schwung gehalten.

Und da geschah es.

Die Lücke in der Mauer wurde immer größer, Steine wurden zermalmt oder fielen herunter. Ein ganzer Mauerabschnitt stürzte ein und gab den Weg in das Innere der Burg frei. Der Mauerbrecher hatte sein Werk vollendet und die Mauer zerrissen.

Ehe die im Staub fast erstickende Burgbesatzung dieses gewahr wurde, drangen die Männer des Abtes in die Burg ein.

Jetzt ging es Mann gegen Mann.

Schwerter kreuzten sich im klingenden Ton.

Mit Hellebarden und Piken wurde aufeinander eingestochen.

Männer krümmten sich in ihrem eigenen Blut.

Dort schwankte ein Ritter, geschwächt vom Blutverlust durch einen Schwertschlag über den Kopf. Trotz der herausgeschrienen Verzweiflung gab er nicht auf, holte mit dem Schwert in seiner Rechten zum fürchterlichen Hieb gegen den auf ihn eindringenden Gegner aus.

Mit zerschmettertem Schädel, blutüberströmt stürzte dieser von dem Mauerrest auf dem er stand in den Burghof.

Hin und her wogte das Kampfgetümmel, bis sich das Kriegsglück auf die Seite der Fuldaer schlug.

Die Frankensteiner Ritter standen mit dem Rücken zur Wand und es blieb ihnen nichts anderes übrig als sich nach kurzem Gemetzel dem Abt von Fulda auf Gedeih und Verderb zu ergeben.

<u>Bild 7:</u> Die gefangenen Ritter wurden nach der verlorenen Schlacht abgeführt.

Übrig blieb eine zerstörte Burg, die Mauern zerfallen, Überreste einer an verrosteten Ketten hängenden Brücke und schief in den Angeln schwebenden Türen und Tore. Im Laufe der Zeit überwucherten im östlichen und nördlichen Bereich der Burganlage samtweiches Moss, grünes Gras, dichtes Gestrüpp und dürres Gehölz die vorhandenen Wälle und Gräben.

Heinrich brauchte kaum Kriegsschulden zu entrichten und durfte, da die Stammburg zerstört war, nun als Burggraf auf der Krayenburg residieren.

Umgeben von einem dichten Buchenbestand erhob sich der romanische Bau auf der hohen Kuppe eines Berges, dem Crainberg.

Die Abtei Fulda verfolgte mit der relativen Verschonung Heinrichs nur ein Ziel: Die Frankensteiner Herrschaft in eine große Abhängigkeit von Fulda zu bringen und ihre Macht damit zu schwächen.

Die zerstörte Burg wurde wieder aufgebaut.

So war auch Heinrichs Stiftung an das Kloster Allendorf (um 1270), das dann zur Abtei Fulda gehörte, sicher eine schwere Kriegsauflage für die Herrschaft von *Frankenstein* gewesen.

Für das mit dieser reichlichen Schenkung bedachte Nonnenkloster war der Wohlstand für etwa 45 Nonnen in der Folgezeit bis 1338 gesichert.

1278 übergab ein Vetter der Herren von *Frankenstein*, der Dynast Heinrich von Frankenberg, seine Burg Frankenberg, welche eine Residenz der Frankenherzöge gewesen sein soll, der Abtei Hersfeld zu Lehen.

Der Thüringer Landgraf Albrecht *„der Unartige"* hatte inzwischen einen ungeheuren Länderschacher betrieben. Aus Geldnot verkaufte er die Landgrafschaft Thüringen an den König Adolf von Nassau, obwohl die Erbfolge ihm dies untersagte.

Den rechtmäßigen Erben, Friedrich und Diezmann, mussten die Frankensteiner als deren Vasallen Gefolgstreue leisten.

Es kam zu kriegerischen Auseinandersetzungen.

Kaiser Adolf von Nassau fiel 1292 mit seiner Heeresmacht in thüringisches Gebiet ein, um sich mit Gewalt in den Besitz der ihm vom Landgrafen Albrecht dem Unartigen verkauften Landesteile zu setzen.

Den Söhnen Albrechts, Friedrich und Diezmann, die gegen jenen Länderschacher Einspruch erhoben hatten und bereit waren, ihre Rechte mit den Waffen zu wahren, leisteten die Herren von *Frankenstein* als treue Versallen Hilfe.

<u>Bild 8</u>: Erfolgreich wehrten die Ritter der Burg die Angriffe der Mannen des kaiserlichen Heeres ab.

Gegen diese richtete sich das kaiserliche Heer.

So setzten Adolfs Truppen den Eroberungszug bis in das Werratal fort, belagerte Salzungen und die Burg *Frankenstein*.

Unterhalb des Frankensteins lagerten 8.000 Krieger.

Obwohl mehrere Sturmversuche der Kaiserlichen im Keime erstickt wurden, folgte die Kapitulation.

Ein Teil der Salzunger Burgmannen waren in ihrer Treue zu den Frankensteinern schwankend geworden. Ihre Haltung siegte über die treuen Burgmänner, die ohne die Zustimmung des Frankensteiner nicht die Waffen strecken wollten. Nicht nur die Stadt Salzungen wurde eingenommen, auch die Burg *Frankenstein* wurde im Jahre 1295 gründlich zerstört.

Es erfolgte die völlige Unterwerfung Frankensteins und Salzungens.

Der Eisenacher Chronist Johannes Rothe schrieb dazu in seiner *„Düringischen Chronik"* im Jahre 1423:

*„ ... in dem jare also man schreibt noch Christus gebort tußend 295 jar, do quam konig Aldof abir von dem Reyne mit einem nuwen herre yn Doryngen und heerete ouch vor dem walde und vorterbete was her vant unde vorbrannte und die dorff den irbar lewten, die om von geheißes wegen lantgraven Albrechtis nicht hulden wolden, unde zouch do obir walt uff die herren von Frankenstein, die hilden is ouch mit den jungen herren, unde logerten sich an die Werra vor Frankenstein unde vor Salzungen unde stormete sie vaste unde ted so gar vil schaden. Unde do worden die burgmanne zu Frankenstein unde zu Salzungen under eynander zweitrechtig, das ir eyn teil deme konige von geheißes wegen lantgraven Albrechtis hulden wolden unde sich also nicht lassen vorterben, ßo wulden ihr eyn teil nicht hulden noch ire truwe obirtreten ane iowort unde willen ir rechten herren von Myßen und Ostirlande. Dis machte sich, das der von Frankenstein mit on muuste eyne werden unde furchte eynes ergern unde gap sich und seyne sloß deme konige an gnade unde dingete mit seynen burgmannen unde seynen armen lewten leip unde gut uß. Also swuren sie dem konige unde bleben vorder do unbeschedigt ... "*

<u>Quelle:</u> Frankensteiner Heimatblätter, 2. Jahrgang, März 1992, Nr. 9, Seite 4.

Die Burg *Frankenstein* wurde bereits 1293 im Triptiser Vertrag von Landgraf Albrecht für 1.000 Mark an Diezmann abgetreten.

Die in den Jahren von 1272 bis 1295 durch Heinrich dem Kloster Allendorf übereigneten großen Güter aus seinem Herrschaftsbereich schwächten zusehends den eigenen Einfluss.

Mit dem verlorenen kirchlichen Einfluss der Frankensteiner musste Heinrich 1295 auch das Patronatsrecht über die Salzunger Kirche an jenes Kloster übertragen.

Der Stern der Frankensteiner begann zu sinken, der Niedergang des Frankensteiner Herrschaftsgeschlechtes nahm seinen Lauf.

Er wurde noch verschärft durch die unglückliche Lage der Dynasten durch innere Streitigkeiten. Seit dem Tod Heinrichs IV. regierten seine beiden Söhne Heinrich II. und Ludwig IV.

Im Haus *Frankenstein* bildete sich als Nachfolgeordnung ein eigenartiger Zwischenzustand zwischen „*Seniorat*" und „*Realteilung*" heraus. Der jeweils Älteste war das Haupt der Familie, die anderen männlichen mündigen Mitglieder hießen „*iuniores*" oder „*iunckhern*". Letztere waren jedoch auf bestimmte Güter abgeteilt, über die sie offenbar frei zu verfügen hatten. So gab Siboto II. anscheinend sein Schloss Lengsfeld ohne Konsens seines Bruders auf.

Unter Ludwig und Heinrich ging dieser Zustand in ein „*Kondominat*" mit Idealteilung der gesamten Herrschaft über, wobei dem Älteren gewisse Sonderrechte zustanden. Er hatte allein die Lehen zu verleihen.

Die Tatsache, dass beide Brüder nur äußerst selten gemeinsam urkundeten, lässt auf einen getrennten Wohnsitz schließen.

Es ist vielleicht nicht zu gewagt, eine Entfremdung beider Brüder anzunehmen, wenn man bedenkt, wie stark entgegengesetzt ihre spätere Politik war und wie sie selbst in höchster Not nicht zusammenfanden.

Der Grund dieser Spannungen lag bei ihren Gattinnen.

Durch Adelhaid, die Schwester des fuldischen Abtes, stand Ludwig im Banne des fuldischen Einflusses, während Heinrich durch Elisabeth von Thüringen an das Landesgrafenhaus gebunden war.

Die anfänglich kluge Politik der Frankensteiner, sowohl mit den Stiften Hersfeld, Fulda und Würzburg als auch mit den Herrschaften Thüringen und Henneberg verbündet zu sein, schlug bald in Neid und Fehden dieser Herrschaften untereinander um. Sie versuchten vor allem, sich Teile der begehrten Frankensteinherrschaft anzueignen, und hielten die Dynasten dazu in großer Abhängigkeit.

Die Macht des einst so mächtigen Geschlechtes der Frankensteiner war gebrochen. Sie waren nicht in der Lage, ihre verödete Stammburg wieder aufzubauen.

Bild 9: Auf Jagd im herrschaftlichen Wildbann, die nur den adligen Jägern gestattet war.

Nach Adolfs Sieg überließ dieser den größten Teil von Salzungen der verbündeten Abtei Fulda, auf der ausgebesserten Burg *Frankenstein* durfte Heinrich II. weiter residieren.

Er blieb trotz der Niederlage im *„Amt".*

Damit wurde die Abhängigkeit von Fulda noch größer.

Heinrich II. verließ die verwüstete Burg, siedelte nach Salzungen über und verkaufte ein Erbstück nach dem anderen.

Die Frankensteiner traten die Vogtei Herrenbreitungen als Ausstattung für eine Tochter an deren Gatten Günther von Salza kurz vor 1300 ab.

Heinrich II. von *Frankenstein* bekam durch die Teilung der Herrschaft große Schwierigkeiten.

Sein Bruder, Ludwig IV. von *Frankenstein,* wurde nämlich Burggraf der Krayenburg.

Dies führte zu derartiger Entfremdung, dass sich beide Brüder sogar mehrfach feindlich gegenüberstanden. Als Herrscher einer verödeten Burg und einer geschwächten Macht kam Heinrich immer wieder in Konflikt mit seinem Bruder Ludwig IV.

Auf der verschonten Krayenburg sitzend sah sich Ludwig IV. durch seinen Machtanspruch gleichberechtigt mit Heinrich.

Dieser Umstand erlaubte es dem Stift Fulda, einzeln mit ihnen zu verhandeln und sie zu ungünstigen Verträgen zu zwingen.

Ansehen schufen die Frankensteiner Herren sich dagegen besonders in der Herrschaft Thüringen, wie Urkunden aus dieser Zeit bezeugen.

Im Jahre 1302 bewilligte Hermann, Abt von Reinhardtsbrunn, dem edlen Heinrich von *Frankenstein* und Ludwig, seinen Bruder und ihren Erben 20 Mark lötiges Silber, 1 Fuder Mühlhäuser Bier, 6 Malter Weizen Erfurter Maß und

2 Stück graues Tuch, damit sie des Klosters holde Herrn sein möchten.

Die Verbindung zur Thüringer Herrschaft wurde durch Heinrichs Gemahlin, Elisabeth von Thüringen, weiter gefestigt.

Der Abt Heinrich von Fulda kauft im Jahre 1305 von Ludwig von *Frankenstein* die Hälfte des Schlosses Salzungen für 220 Pfund Heller. Dies geschah mit der Einwilligung seines Bruders Heinrich, seine Besitzungen in Salzungen an Fulda zu verpfänden.

Der Grund für die Veräußerung mag der Tod des einzigen Sohnes Ludwigs gewesen sein.

Salzungen wurde in der Urkunde als *„oppidum"* bezeichnet, was mit hoher Sicherheit bedeutete, dass zu diesem Zeitpunkt die volle *„Stadteigenschaft"* ausgebildet war.

Durch die langwierigen Kriege, die in der Vergangenheit geführt wurde, waren die Frankensteiner in große Geldnöte geraten.

Daher geschah es auch, dass 1306 der edle Ludwig von *Frankenstein* und seine Hausfrau Adelheid, mit Bewilligung seines Bruders Heinrich und dessen Ehefrau Elisabeth, dem Abt Heinrich von Fulda seinen Anteil von Salzungen und die Veste *„Schnepfenburg"* verkaufte. *„Bertold von Willprechtsrode"* und *„Berthold von Craluck"* bekräftigten als damalige Burgmänner diesen Verkauf.

Fulda trat als gleichberechtigter Ganerbe *„in bruoders wise"* an die Stelle Ludwigs.

Heinrich behielt sich nur die Mannlehen vor.

Für die Frankensteiner Dienstmannen galt das fuldische Lehnrecht.

Der Abt von Fulda ernannte Ludwig zum Erbburgmann in Lengsfeld und verlieh ihm als Erblehen Haus und Stadt Lengsfeld samt 20 Pfund fuldischer Heller.

Dieser Vertrag bedeutete das Ende der Herrschaft *Frankenstein*, denn es war klar, dass die Abtei Fulda mit allen Mitteln versuchen würde, auch die andere Hälfte von Salzungen zu erwerben.

Die bekannten Zerwürfnisse im Haus *Frankenstein* beschleunigten den Niedergang.

Jeder Tausch verschlechterte die rechtliche Lage Ludwigs.

Schon 1306 musste er die Zuständigkeit des fuldischen Mannengerichtes bei Streitigkeiten mit dem Abt anerkennen.

Ludwig, der sich sowohl in Würzburg, Henneberg als auch mit seinem Bruder erneut vertraglich verbündete, wurde vor allem durch Fulda an seiner Machtfestigkeit gehindert.

Bild 10: Abgaben durch die Bewohner der umliegenden Orte für die Herren auf der Burg.

1308 mussten seine Untertanen dem Abt einen Eid leisten, im Falle eines Zerwürfnisses Ludwig den Gehorsam aufzusagen.

Während 1306 der Abt von Fulda Ludwig nur eine persönliche Abhängigkeit aufzwingen konnte, wurden nun auch die frankensteinischen Mannen unter Ausschaltung Ludwigs in ein engeres Verhältnis zum Stift gebracht.

Im Jahre 1307 belehnte Heinrich von *Frankenstein* den Salzunger Burgmann Heinrich Sigewin und seine Frau mit einer Nappe in Salzungen.

Im Jahre 1308 brach der Streit zwischen Fulda und Ludwig aus.

Ein Austrag entschied, dass:

1.   *der Abt die Öffnung in Lengsfeld erhält,*
2.   *Ludwig sich niemals von der Kirche Fulda trennen solle. Unternehme er etwas gegen den Abt, so sollten die Burgmannen das Schloss in Verwahrung nehmen.*
3.   *Der Abt erhielt das Vorkaufsrecht.*

Quelle: Eilhard Zickgraf, „Die gefürstete Grafschaft Henneberg-Schleusingen", N.G. ELWERTsche Verlagsbuchhandlung (Kommissionsverlag), Marburg 1944, Seite 73.

1308 kaufte der Abt Heinrich von Fulda von seinem Schwager Ludwig V. von *Frankenstein* weitere Besitzungen in und bei Salzungen für 200 fuldischer Pfennige.

Die Frankensteiner veräußerten Dorf und Rittergut Dietlas, das Gut Oberrohn, den kleinen und großen Hein in Olemich (Polambach), zwei Höfe bei Craimar, die Besitztümer Möhra, Atterode bei Steinbach (Hexensteinbach) u. a. m.

Der deutsche König Albrecht bestätigte den Besitz von Stadt und Amt Salzungen der Abtei Fulda.

Rechtlich war, hervorgerufen durch vielerlei solcher Verträge, spätestens 1311 die Frage der Landeshoheit für Fulda entschieden.

Heinrich verlor die letzten Machtbastionen am 26. Mai 1311:

*„Heinrich von Frankenstein tritt mit Zustimmung seiner Ehefrau Elsbeth und seiner Kinder Siboto, Heinrich und Constantia an den Abt Heinrich von Fulda Stadt und Schloß Salzungen, die Schlösser Frankenstein und Waldenburg und die Zent Dermbach mit allem Zubehör außer den Mannlehen gegen Anweisung einer Leibrente ab ...“*

<u>Quelle:</u> Frankensteiner Heimatblätter, 2. Jahrgang, März 1992, Nr. 9, Seite 7.

Er wurde von Fulda zur Abtretung, der Burgen *Frankenstein* und Waldenburg sowie der Zent Dermbach gezwungen.

Damit war Heinrich auf sicher nur unbedeutende Allodien beschränkt, während Ludwig außer Neuenhof noch seinen Anteil an der Waldenburg besaß.

Nun begann ein schier endloses Veräußern der einst so mächtigen Herrschaftsbesitze an Fulda, und auch die Verbündeten Würzburg und Henneberg ließen die Frankensteiner allmählich fallen.

Vor allem Henneberg, das auf die Übernahme des frankensteinischen Wildbannes spekulierte, sicherte sich Hof um Hof im Frankensteiner Gebiet.

1315 entbrannte der Kampf gegen Fulda von Neuem.

Die fuldische Hälfte der Waldenburg wurde von Ludwig besetzt.

So wurde am 22. Januar 1316 eine neuerliche Sühne Ludwigs mit Fulda anberaumt.

Ludwig verpflichtete sich, die fuldische Hälfte der Waldenburg wieder abzutreten und keine Ansprüche mehr auf Lengsfeld zu erheben.

Dagegen ließ ihm der Abt das Schloss Neuenhof von Neuem und gewährte ihm das Einlösungsrecht an einem Vorwerk zu Salzungen.

Trotz dieses Friedens scheint Ludwig zusammen mit Heinrich den Kampf fortgesetzt zu haben.

Die furchtbare Notlage schien die Brüder einander näherzubringen. Sie urkundeten in den nächsten Jahren des Öfteren gemeinsam, meist wegen des Verkaufs von Gütern.

Berthold VII. von Henneberg handelte im August 1317 einen Sonderfrieden Fuldas mit Ludwig aus.

Ludwig verzichtete:

1.   *auf alle Güter in und bei Salzungen,*
2.   *auf vier Gerichte, darunter Dermbach,*
3.   *auf die Schlösser Lengsfeld und Nauenhof.*

Dagegen bestätigte ihm Fulda einige Allodien in Salzungen und das Dorf Immelborn, ferner ein Eigengut in Dermbach und die Hälfte der Waldenburg. Nach dem Tode Ludwigs sollten jedoch diese Güter alle an die Abtei fallen.

Damit schien die Frankensteiner Fehde mit einem vollen Sieg Fuldas geendet zu haben.

Durch den Vertrag von 1311 hatte Heinrich auf seinen gesamten Besitz verzichtet.

Ludwig hatte von seinem Erbteil nur die ihm 1317 bestätigten Teile gerettet.

Wenn auch Heinrich noch Widerstand leistete und der Abt von Fulda nur Gebiete an der Feld in Besitz nehmen konnte, so waren doch die Kräfte viel zu ungleich, als dass nicht Fulda auf die Dauer in Vorteil gewesen wäre.

1317 wurde in einem Vertrag zwischen Ludwig von *Frankenstein* und Abt Heinrich von Fulda festgelegt, dass der Frankensteiner außer dem Salzunger Vorwerk noch zwei Nappen behielt.

Es wurde an die Verteilung des Frankensteiner Besitzes gegangen.

Hersfeld trat seine Ansprüche auf die Frankensteiner Lehen gegen 200 Pfund Heller an Fulda ab.

Graf Berthold VII. von Henneberg ertauschte 1317 das ehemals frankensteinische Gericht über Roßdorf gegen Helmershausen und ließ sich mit dem Dorf Rosa belehen.

Da gelang es den Frankensteinern, den Beistand des Würzburger Bischofs zu gewinnen.

1319 erschien Heinrich in Würzburg als Vasall des Bischofs und gab seine Lehen im Gericht Dermbach auf mit dem Versprechen, nur mit Willen des Bischofes gegen sein *„invasores"* vorzugehen.

Auch Ludwig stand seit 1320 mit Würzburg in Verbindung.

Würzburg der Todfeind Fuldas schützte die Frankensteiner gegen Fulda.

1321 stellte Heinrich dem Bischof einen nochmaligen Revers wegen des Gerichtes Dermbach aus.

Der Zusammenstoß mit Fulda war damit unvermeidlich.

Wieder vermittelte Graf Berthold.

Am 11. Mai 1323 entschied er, dass Würzburg innerhalb eines Monats nachweisen sollte, dass das Gericht Dermbach ihm lehnbar sei. Falls es dies vermöge, solle es durch Fulda entschädigt werden.

Würzburg schien mit seinen Ansprüchen nicht durchgedrungen zu sein. Dennoch ließ der Bischof Heinrich noch einmal Treue versprechen wegen des Gerichtes Dermbach, insbesondere, dass er sich mit Fulda verständigen wolle.

1324 übergab Heinrich von *Frankenstein* 12 würzburgischen Rittern das Gericht Dermbach als Treuhänder des Bischofs.

Am 21. Dezember erfolgte eine erneute Versicherung Heinrichs wegen seiner Lehen.

Überraschend wirkte, dass Heinrich kaum einen Monat später zu Salzungen die fuldische Lehnshoheit über Schmalkalden anerkannte. Wahrscheinlich vollzog er den Übertritt unter dem Druck des fuldisch-hennebergischen Bündnisses gegen Würzburg.

Dem Übertritt Heinrichs auf die fuldische Seite war offenbar ein erneuter Bruch mit Ludwig vorangegangen.

Dieser hielt sich damals im Hennebergischen auf, wahrscheinlich unter würzburgischem Schutz in Meiningen. Mithilfe seines Neffen Siboto hatte er die alten fuldischen Verträge seines Bruders an sich gebracht.

Ludwig verkaufte am 20. Oktober 1325 zu Würzburg seine Hälfte des Schlosses Waldenburg an den Bischof gegen 300 Pfund Heller und lebenslängliche Belehnung mit den Schloss Landeswer.

Bild 11: Das mittelalterliche Leben im Kloster.

Auch Berthold IV. nutzte die finanzielle Bedrängnis der Herren von *Frankenstein* zu einer Reihe von Einzelerwerbungen aus, besonders im Schmalkalder Gebiet. Er kaufte 1325 Besitzungen in Huges Tambach, Atzerode, Seligental, Schmalkalden, Roßbach, Volkers, Niederschmalkalden, Barchfeld und Maßfeld.

Am 26. April 1326 verzichtete Heinrich mit seiner Familie auf alle Ansprüche an das Stift Fulda, ihnen wurde nach geraumer Zeit Unterkunft im Kloster Allendorf gewährt.

Ludwig, nach dem Tode Heinrichs einziger Regent, überließ 1330 im sogenannten *„Frankensteiner Verkaufsbrief"* den Hauptteil der Herrschaft Frankensteins seinem Vetter, Berthold von Henneberg, der damit sein großes Ziel erreichte.

Somit ging am 30. August 1330 die andere Hälfte der Stadt Salzungen an Berthold über.

Dieses waren:

- *74 Hofstätten zu Salzungen,*
- *eine Mühle zu Salzungen,*
- *wahrscheinlich der Rest des frankensteinischen Salinenbesitzes,*
- *Wiesen an der Werra und zwei Fischweiden,*
- *die Hälfte von Dorf Allendorf östlich des Pfitzbaches,*
- *Kaltenborn, Sorghöfe und die Hälfte von Wildprechtroda.*

Dagegen vermittelte der Henneberger eine Verständigung mit Fulda.

Es war kein Zufall, dass der Verkauf der Frankensteiner Besitzungen und Gerechtsame an das Haus Henneberg erfolgte.

Bereits in der Vergangenheit tauchte der Namen der Frankensteiner im Zusammenhang mit den Hennebergern auf.

Die beiden Dynasten fanden in dem Grafen Berthold VII. eine wichtige Unterstützung, dem sie 1330 ihren Wildbann und ihre Hersfelder Lehen verkauften. Dagegen vermittelte er eine Verständigung mit Fulda.

Am 9. Oktober 1330 verzichteten die Frankensteiner gegen eine namhafte Abfindungssumme auf alle ihre früher an Fulda verkaufte Besitzungen und erkannten die Gültigkeit aller vorher mit Fulda abgeschlossenen Verträge an.

Die tatsächliche Verteilung des Frankensteiner Besitzes entsprach jedoch nicht den Verträgen.

Fulda verzichtete stillschweigend auf die ihm gemäß den Verträgen von 1311, 1317 und 1318 zustehenden Hersfelder Lehen, an den durch die reichsfürstliche Würde ausgezeichneten Grafen Berthold VII. von Henneberg-Schleusingen aufgrund des Vertrages von 1330.

Die Waldenburg, die von den Dynasten 1311 und 1317 an Fulda, 1330 an Henneberg, 1335 an Würzburg verkauft worden waren, verblieb im Besitz des Bischofs.

Ludwig und Siboto haben 1334 die ihnen in den Verträgen von 1317 und 1330 auf Lebenszeit überlassenen angeblichen Allodien im Feldagebiet an Würzburg verkauft.

Das Stift war jedoch nicht in der Lage, seine aus diesem widerrechtlichen Vertrag abgeleiteten Ansprüche gegen Fulda durchzusetzen.

Die Landgrafen in Thüringen und die Markgrafen zu Meißen, die Gebrüder Friedrich der Strenge, Balthasar und Wilhelm sollen die fuldische Hälfte im Feldagebiet sowie das Amt Lichtenberg im Jahre 1366 von Fulda pfandweise und wiederkäuflich für 6.000 Mark Silber und 1.800 Pfund Heller erstanden haben. Dies geht aus einem erst im Jahre 1735 reproduzierten nicht anerkannten Kaufbrief hervor.

Die thüringischen Landgrafen waren schon in den Jahren 1400 bis 1406 Besitzer der anderen oder hennebergischen Hälfte, sodass ihnen ganz Salzungen gehörte.

Der frankensteinische Besitz hatte verhältnismäßig geringe Ansätze zu einer festeren Organisation.

In den Verträgen des 14. Jahrhunderts traten noch sehr lockere Untergliederungen hervor: *die Herrschaft Waldenburg mit den umliegenden Besitzungen, die Vogtei Herrenbreitungen, die Herrschaft Frankenstein mit der Stadt Salzungen und das Gericht Dermbach mit dem Streubesitz in der Feldagegend.*

Noch undurchsichtiger erscheint die staatsrechtliche Struktur des frankensteinischen Besitzes.

Wie in allen Herrschaften zeigte sich vor der Entstehung der schriftlichen Verwaltung ein hoffnungsloses Wirrwarr: *Die gleichen Besitzungen wurden bald als Allodien, bald als würzburgisch, fuldisch oder hersfeldischer Lehen bezeichnet.*

Mit Siboto III., dem Sohn Heinrichs, erwuchs dem Fuldaer Stift nochmals eine Gefahr. Er forderte entschieden seine Ansprüche auf das väterliche Erbe, so auch auf die Burg *Frankenstein* und Salzungen. Doch in dieser Zeit fiel auch Würzburg den Frankensteinern in den Rücken und sicherte sich insbesondere die restlichen Güter der Rhön.

Aus akutem Geldmangel verzichteten die Brüder Heinrich, Ditzel und Albrecht auf alle Ansprüche an den Abt und das Stift Fulda, die ihr inzwischen verstorbener Bruder Siboto III. hegte, geschehen 1346.

Salzungen und Kloster Allendorf schwören Urfehde.

Völlig besitzlos konnten sie sich zunächst in Meiningen, dann am Würzburger Bischofsbesitz verdingen und genossen dort, vor allem durch den Einfluss der Henneberger, noch einiges Ansehen.

Obwohl die Nachkommen Heinrichs von *Frankenstein* mehrmals versuchten, ihre Besitzungen zurückzuerobern, blieb ihr Kampf aussichtslos. Keiner der benachbarten Territorialherren nahm sich ihrer an. Sie wurden sowohl von Fulda, Würzburg wie Henneberg mehrmals zu ausdrücklichen Verzichtserklärungen gezwungen.

- *Am 3. November 1341 verzichtete Ditzel von Frankenstein auf Ansprüche an Graf Heinrich von Henneberg wegen der Fleischbänke in Schmalkalden.*
- *Am 7. Januar 1345 verzichteten Heinrich, Albrecht und Ditzel von Frankenstein auf alle Ansprüche an Würzburg.*
- *Im April und Juli 1346 verzichteten Ditzel, Heinrich und Albrecht von Frankenstein auf alle Ansprüche an Fulda wegen Frankenstein, Waldenburg und Allendorf.*
- *Am 23. Dezember 1347 verzichteten Heinrich, Albrecht und Ditzel von Frankenstein auf ihre Ansprüche an Reinhardtsbrunn.*
- *Am 29. September 1354 verzichtete der letzte Edelfreie von Frankenstein, Dytrich (Ditzel) auf alle Ansprüche an den Bischoff und das Stift Würzburg.*
- *Erneut tauchen Angaben 1367 über Dytrich (Ditzel) im Kloster Frauensee auf.*

Rechtlich war der Kampf um die Landesherrschaft schon 1308 gegen Ludwig und 1311 gegen seinen Bruder Heinrich entschieden.

Aber erst jetzt nach dem Würzburg und Henneberg die Frankensteiner fallen ließ, konnte Fulda endgültig mit ihnen abrechnen.

*„In gots namen, amen.*
*Ich, Dytrich von Frankenstein, bekenne und tun kunt offentlichen mit disem brif, daz ich für mich und alle mein erben recht und redlichen verczigen han und verzeihe auch an*

*disem brif aller ansprach und vorderunge von burglehen und burggut und von anderen sachen wegen, wi die genant sind, die wir und mein erben gehaben möchten uf diesen hüttigen tag wider den hochwirdigen unseren gnedigen herren byschof Albrecht und den stifft zu Wirtzburg. Und dez zu urkund ha ich gebeten den erbaren vesten ritter, hern Wolfram Schrimpfen, daz er sin jnsigel an disen brif durch meiner bete willen gehangen hat, wanne ich ieczo nicht eygens jnsigel han.*

*Und ich Wolfram Schrimpf, ritter, der vorgenant, bekenne auch offentlichen an disem brif, daz ich durch bete dez vorgenannten herren Dytrichs von Frankenstein mein jsigel zu gezugnuzze vorgeschriben dringe han gehenket an disen brif.*
*Der geben ist zu Karlstat, nach Christus geburt drewczehenhundert und in dem vierundfumfczigstem jare, an sant Michels tag. "*

Quelle: Frankensteiner Heimatblätter, 2. Jahrgang, März 1992, Nr. 9, Seite 8/9.

So wesentlich es für die territoriale Landesentwicklung Thüringens auch war, das Recht auf seiner Seite zu haben, im tatsächlichen Ablauf der Geschichte hatte wie immer nur die Macht gesiegt.

Der Rennsteig des Thüringer Waldes wurde zum ersten Mal in dem Frankensteinischen Kaufbrief von 1330 erwähnt. Dem zufolge erwarb Graf Berthold von Henneberg-Schleusingen von dem Herrn von Frankenstein-Wallenburg Todenwarth, …, Barchfeld und den Jagdbezirk Rennsteig bis zum Nesselberg.

Der Frankensteinische Kaufbrief vom 10. August 1330 nennt den Rennsteig an drei Stellen, und zwar bei Beschreibung der Wildbahn, welche an Henneberg abgetreten wird, zuerst an der Strecke Kießling bis zum Inselberg und dann wieder beim Nesselberg, wo ihn die Straße von Schmalkalden nach Tambach schneidet.

Der letzte urkundlich nachgewiesene Frankensteiner ist ein Dietrich, der 1354 zu Karlstadt auf alle Ansprüche an das Hochstift verzichtete.

Ab 1366 hatten nun die Landgrafen von Thüringen, die späteren Herzöge und Kurfürsten von Sachsen, die alleinige Landeshoheit.

Ob der 1384 in Würzburg erwähnte Engelhard von *Frankenstein*, der auch das Frankensteiner Leoparden (Löwen) - Wappen führte, der letzte Dynast von *Frankenstein* war, bleibt bis heute rätselhaft.

Auf jedem Fall soll ein Graf von Henneberg, Namens Ludwig, des letzten Herrn von Frankensteins Schwester geheiratet und durch sie die Herrschaft *Frankenstein* zum Erbteil erhalten haben.

Der schnelle Niedergang der Dynasten von *Frankenstein* hatte sich in der ersten Hälfte des 14. Jahrhunderts vollzogen. Nach dem Untergang der Herrschaft der Frankensteiner und den mehr oder minder freiwilligen Verzichten auf ihre Ansprüche an die Erben ihres Besitzes verschwanden die Herren von *Frankenstein* völlig aus der Gegend ihrer einstigen Besitztümer.

Möglicherweise dienten noch einige Zeit die bewohnbaren Gebäudeteile der Burg *Frankenstein* dem Schutzvogt des Klosters Allendorf als Unterkunft.

Die restlose Zerstörung der Burgruine im Bauernkrieg ist naheliegend.

Der Name der Frankensteiner tauchte dann wieder im Jahre 1742 in den Kirchenbüchern des evangelischen Pfarramtes in Bad Hersfeld auf, aus denen hervorging, dass die Vorfahren aus Friedewald/Hessen, das zum Pfarramt Hersfeld gehörte, stammten.

Aus der Chronik eines gewissen Pfarrers „*Görich*" geht weiter hervor:

*„Der Name der Frankensteiner stammt aus Friede-wald/Hessen von der Burg Frankenstein und taucht erst-mals 1819 in den Kirchenbüchern von Großbartloff auf."*

<u>Quelle:</u> Schreiben, das Unterzeichnet ist mit den Namen Bruno Frankenstein und des Pfarrers von Großbartloff H. Gehrmann

Weitere Angaben über den Verbleib der Frankensteiner von 1825 bis 1982 findet man in den Kirchenbüchern Sankt Peter und bei Paul von Großbartloff.

Angaben über den Verbleib des Geschlechtes der Frankensteiner findet man auch in den Familienbüchern der Geschwister von Bruno *Frankenstein* und aus Überlieferungen von Anna Maria König geb. *Frankenstein*, deren Ehemann Anton ein königlicher Handelsmann am 09.01.1883 verstarb.

Als 10-jähriger Knabe erfuhr Bruno *Frankenstein* von der alten Dame: *„Er gehöre nicht hierher, eure Vorfahren haben so viel Krieg geführt, dabei sind sie ganz arm geworden und mussten ihre Burg verlassen. Ihr habt blaues Blut in den Adern ..."*

Der Junge wusste zu diesem Zeitpunkt mit diesen Angaben nichts anzufangen.

Jahrhunderte gingen über die schicksalhafte Stätte des kahlen Hügels, der einstigen Burg *Frankenstein*, hinweg.

Die alten Geschicke, die sich hier abspielten, ließen neue Geschehnisse verblassen.

Die Burganlage verfiel vollends, und außer den Spuren des Wallgrabens blieb von ihr nichts mehr übrig. Die Mauersteine fanden Verwendung, so für die Erweiterung des Klosters Allendorf, zum Wiederaufbau der durch Brand zerstörten Stadtkirche von Salzungen und manchem neu errichteten Haus.

Hierbei wurde der noch um 1830 bekannte Keller- und Mauerrest vernichtet.

Jetzt bot sich vom kahlen Berggipfel nur noch dem Wandersmann eine herrliche Aussicht.

Um aber dem Wanderer auf der völlig baumlosen Höhe Schutz bieten zu können, errichteten Naturfreunde eine hölzerne Hütte, die sogenannte *„Schwindelburg“*. Sie stand nur zehn Jahre und stürzte 1863 nach einem Unwetter zusammen.

Um den *Frankenstein* für den Fremdenverkehr zugänglich zu machen, bemühten sich ab 1879 der Salzunger Bürger und Rechtsgelehrte Dr. Höfling sowie viele engagierte Salzunger Bürger und organisierten Spendensammlungen für dieses Vorhaben. Auch Konzerte und Lotterieeinnahmen besserten den Frankensteinfonds auf.

Bild 12: Die erste Skizze der „neuen" Burg Frankenstein des Meiniger Landesbaumeisters Schubert (1879).

Gelder des Fonds dienten dem Ankauf von Grundstücken, dem Anlegen von Wegen und der Inangriffnahme der Bewaldung und Aufforstung des kahlen Berges.

In mühsamer Arbeit wurden durch die Schuljugend in Kloster Allendorf und Dorf Allendorf 2.500 Nadelbäume aufgeforstet. Zur Bewässerung dieser Bäume wurde das Wasser in Gießkannen und Kübeln auf die Höhe getragen.

Knapp zehn Jahre dauerte dann noch die Entstehung der „neuen" Burg *Frankenstein*, von der Idee des Dr. Höflings 1879, bis zum Beginn des Turmbaues 1888.

Mit einem Kostenvoranschlag von ca. 4.500 Mark wurde der Turmbau durch den Maurermeister H. Hill vollzogen.

Der Meininger Herzog Georg II., als Förderer der Künste auch liebevoll *„Theaterherzog"* genannt, unterstützte die Anregung des Meiniger Landesbaumeisters Schubert, so originalgetreu wie möglich zu bauen, um den viel beschriebenen Berg in unmittelbarer Nähe Salzungens würdig zu krönen.

Den Vorstellungen nach sollte der Turm eine Höhe von 15 m erreichen. Nach einer vom Herzog Georg II. vorgenommenen Änderung wurde die Skizze genehmigt.

1891 konnte die Kunstruine mit einem Aussichtsturm, die sich zwei Kilometer östlich von Bad Salzungen und etwa 100 m östlich der einstigen mittelalterlichen Burg erhebt, feierlich eingeweiht werden.

Von ihrer Plattform aus bot sich ein herrlicher Rundblick auf den Thüringer Wald und die Rhön, ins Werratal und in den Moorgrund.

Von nun an wurden jährlich zwei bis drei Veranstaltungen auf der Burgruine arrangiert.

Unter den Wirren des Ersten Weltkrieges hatte auch der *Frankenstein* zu leiden. Die Steine des obersten Turmkranzes wurden herausgebrochen und fanden beim Bau einer Stallung Verwendung.

In der Zeit nach dem Ersten Weltkrieg machten sich auf dem Gelände des Frankensteins weitere Zerfalls-erscheinungen, besonders durch mutwillige Zerstörungen bemerkbar.

Was durch viel Mühe und Schweiß aufgebaut wurde, drohte den Untergang.

Diesem galt es Einhalt zu gebieten.

Und es fanden sich verantwortungsbewusste und heimatliebende Menschen, die dazu bereit waren.

Sie trafen sich und bildeten eine Berggemeinde, die *„Frankensteingemeinde"*.

Ihr Vorbild waren die Berg-Burg-Gemeinden, wie sich solche bereits auf dem Krayenberg, dem Kissel, dem Dreiherrnstein (die Scheffelsteingemeinde) etabliert hatten.

# Die Frankensteingemeinde

Am 11. Juni 1923 legte auf einer Versammlung der Bezirksschornsteinfegermeister Otto Wehner aus Salzungen die Bestrebungen und Bräuche der Burg-, Berg- und Waldgemeinde dar und regte die Gründung der *„Frankensteingemeinde"* an.

Auf dieser Gründungsversammlung wurde er zum ersten Schultheiß gewählt und 67 Einwohner aus Salzungen, Kloster Allendorf und Dorf Allendorf traten der Gemeinde bei.

In der Satzung, die sich die Mitglieder der *„Frankensteingemeinde"* gaben, wurde u. a. verankert: dass in der Frankensteingemeinde nur die altdeutschen Monatsnamen wie Hartung, Hornung, Lenzing, Ostern, Maien, Linding, Heuert, Ernting, Scheiding, Gilbhard, Nebelung und Jul zu gebrauchen sind. Die Anrede *„Sie"* gab es nicht, nur *„Nachbar"* und *„Nachbarin"*. Statt *„Prost"* sagte man *„Willkum"*, Beifall wurde durch *„Wacker"*, Missfallen durch *„Wehe"* Ausdruck gegeben. Die Versammlungen, die im Allgemeinen monatlich einmal stattfanden, hießen *„Sippungen"*.

1923 erfolgte die Grundsteinlegung zum Bau eines Sippungraumes, der Klause.

Die Steine dafür stammten aus dem nahe gelegenen Steinbruch und wurden im Frondienst auf die Berghöhe gebracht, um hier Verwendung zu finden.

Zur ersten urfidelen Sitzung war man am 9. Hornung (Februar) 1924 unter der Leitung des Schultheißen Bezirksschornsteinfegermeister Wehner zusammen gekommen.

Am 31.05.1924 fand die Einweihungsfeier in der neuerbauten Burgklause statt.

Von der Stadt Bad Salzungen wurde daraufhin den Gemeindemitgliedern das Gelände um den Frankenstein für 30 Jahre in Obhut gegeben.

Bild 13: Bezirksschornsteinfegermeister Otto Wehner aus Salzungen erster Schultheiß der Frankensteingemeinde (1923).

An der Spitze der Gemeinde stand der Schultheiß, dem der Vizeschulze, der Gemeindeschreiber, der Gemeindebüttel, der Säckelwart und schließlich der Nachtwächter zur ordnungsgemäßen Führung des Schultheißenamtes beigestellt waren.

Nebenbei fungierten noch ein Gemeindepoet sowie ein Gemeindekantor.

Die Bestrebungen der Gemeinschaft fanden den Sinn und Ausdruck in der Liebe zur Heimat und Natur, der Wanderfreude, der Pflege traditioneller Sitten und Gebräuche sowie einer aufgeschlossenen Geselligkeit als Losungsworte.

Die *„Frankensteingemeinde"* war dazu angetreten, das bauliche Erbe der Vorfahren zu schützen sowie Sitten und Bräuche der Umgebung zu pflegen.

In Zeiten großer wirtschaftlicher Not fanden viele Menschen hier oben auf dem Berg ein wenig Linderung ihrer Alltagssorgen.

In der Gemeindeverordnung waren Rechte und Pflichten der Nachbarn und Nachbarinnen verankert. Hierzu gehörte das Stiftungsfest im Frühjahr, das altdeutsche Julfest und schließlich war es die groß angelegte Kirmes, die in einer Schultheißengemeinde nicht zu übersehen war und die auch den gebührenden Höhepunkt im Jahr fand.

In den Sippungen, so die Bezeichnung für die Gemeindeversammlungen wurden zuerst schultheißamtliche Angelegenheiten behandelt, dann kamen, wie sollte es auch anders sein, Scherz, Humor, Fröhlichkeit bei einem Humpen Klosterbräu zu ihrem Recht.

In umfangreichen Frondiensten wurden Wege und Plätze laufend in Ordnung gehalten, Forstungen angelegt und vieles mehr. Für die Gemeinde groß angelegte Projekte, wie der Bau eines Sippungraumes sowie ein solcher in der Klause, fanden ihre Vollendung.

Unter Führung ihres Schulzen, Otto Wehner, erwarben sich die *Frankensteiner* bald einen geachteten Namen im Bunde der Berg-, Burg- und Waldgemeinden.

Höhepunkte im Frankensteiner Gemeindeleben stellten das Ausrichten des Bundestreffens der Thüringer Berg-, Burg- und Waldgemeinden 1930 auf dem Frankenstein dar, das zehnjährige Stiftungsfest, das am 11. Linding (Juni) 1933 gefeiert wurde und die Einweihung der Otto-Wehner-Halle am 11.09.1935.

Im Randbereich zum Ort Kloster-Allendorf entstanden Spazierwege in teilweise verfüllten Grabenabschnitten und Walleinplanierungen.

1936 trat Otto Wehner aus gesundheitlichen Gründen von seinem Schulzenamt zurück, blieb aber der Frankensteingemeinde noch als „Ehrenschulze" erhalten.

Zum neuen Gemeindeschulzen wurden der ehemalige Vizeschuldheiß, der Baugewerksmeister und Ortsgruppenleiter der NSDAP Armin Hill und der Lehrer Karl Bing

64

gewählt. Säckelwart war bis 1937 Prokurist Adolf Schneider, Nachfolger wurde Schmiedemeister Karl Urban. Als Gemeindepoet fungierte Rektor Ernst Tenner und als Gemeindekantor der Musiklehrer Ernst Schwarz. Gemeindeschreiber und Nachtwächter war Buchhalter Max Krauß, Gemeindebüttel Wilhelm Hebstreit.

Die von der Gemeinde vorgesehene Erhöhung des Turmes der Kunstruine um 5 Meter auf 15 Meter konnte aufgrund des Ausbruches des Zweiten Weltkrieges nicht mehr verwirklicht werden.

Nach 16-jährigem Bestehen der Gemeinde Frankenstein zählte diese 135 Mitglieder aus Salzungen und den umliegenden Dörfern. In den Jahren seit ihrer Gründung hatten Gemeindemitglieder eine außerordentlich fruchtbare Arbeit geleistet, vieles im Sinne der Naturschönheit der Stätte selbst und ihre historische Vergangenheit geschaffen.

**Bild 15:** Postkarte mit einer Darstellung der Kunstruine Frankenstein aus der Zeit vor dem 2. Weltkrieg.

Mit dem Beginn des Zweiten Weltkrieges kam alles zum Erliegen.

Ob sich aus dem Dornröschenschlaf wieder ein Silberstreif zeigen würde, wie er auf der benachbarten Krayenberg inzwischen in Erscheinung getreten war, konnte man nur hoffen.

Zu DDR-Zeiten war es schwierig bzw. überhaupt nicht möglich Vereine zu gründen, die nicht in das politische Gesamtbild der Staatspolitik passten.

Bis Anfang der 1950er-Jahre wurde laut Vereinsfestschrift aus dem Jahre 2011 die Klause noch als Gastwirtschaft genutzt.

So wurde am 19. September 1952 ein Vertrag zwischen der Stadt Bad Salzungen und dem *„VEB Hartmetallwerk Immelborn"* unterzeichnet worin die Ruine Frankenstein samt ihren Anlagen zur Nutzung überlassen, ein Betriebsferienlager betrieben, das Gelände eingezäunt und somit der Öffentlichkeit entzogen wurde.

Die Bewirtschaftung durch die Stadt wurde eingestellt.

Bild 16: Ausgrabungen auf dem Frankenstein durch die Jugendgruppe der Sektion Natur- und Heimatkunde im Kulturbund der DDR 1953.

Im Jahre 1953 nahm die Jugendgruppe der Sektion Natur- und Heimatkunde im Kulturbund der DDR, unter Leitung von Ewald Dörer Ausgrabungsarbeiten auf dem Frankenstein vor. Weit über tausend Arbeitsstunden wurden an den Wochenenden durch die Jugendgruppe geleistet und die Arbeit zahlte sich aus.

Das systematische Vorgehen bei den Ausgrabungen führte bald zum Erfolg. Zuerst fand man festes Mauerwerk, sicherlich Reste der Fundamente auf dem die Burg einst stand. Beim weiteren Vordringen in das Bergesinnere stieß man auf die ersten Gewölbe und auf Funde, die auf eine manuelle Tätigkeit der damaligen Bewohner schließen ließen. In einem werkstattähnlichen Raum erinnerten umherliegende Knochen, Hirschhorn und Zähne an die Arbeit von Menschenhänden.

Fund reihte sich an Fund, so auch eine Bronzeplatte, wahrscheinlich ein Stück von einem Brustpanzer, auf den erhaltenen Verzierungen zu erkennen waren.

Obwohl wenig Unterstützung seitens der Stadt Bad Salzungen vorlag, wurde aus Schutt und Trümmern ein Stück Heimat in unermüdlicher Arbeit durch die Jugendlichen freigelegt.

In den folgenden Jahren richteten Bürger aus der Umgebung im westlichen Teil der Kernburg des einstigen Burggeländes Gartenparzellen ein und führten teilweise Planierungsarbeiten durch.

Die im östlichen und nördlichen Bereich der Burganlage vorhandenen Wälle und Gräben überwucherten das Gehölz und wurden so weitgehend vor Abtragung geschützt.

Der nördliche Hang diente dem Ackerbau und der Viehzucht.

An die zerstörte Burg Frankenstein erinnerte nur noch das Bodendenkmal Frankenstein unterhalb der heutigen Kunstruine, die ein beliebtes Ausflugsziel wurde.

Obwohl zu DDR-Zeiten nie ein Frankensteinverein existierte, geriet dieser nach der Wiedervereinigung der beiden deutschen Staaten nicht in Vergessenheit.

Nach der gesellschaftspolitischen Wende von 1989 gründete sich der neue Verein *„Frankensteingemeinde Verein für Salzunger Geschichte"* am 27.06.1991 neu und führt seitdem die alten Traditionen der ehemaligen Frankensteingemeinde fort.

Das Ziel der Mitglieder: *Die Geschichte der Stadt aufzuarbeiten und der Öffentlichkeit in einem Museum zugänglich zu machen.*

Als Schultheiß wurde Frau Margot Wilke gewählt.

Am 06. September 1991 wehte nach langer Zeit offenbar wieder die blau-weiße Fahne auf dem Turm der Kunstruine Frankenstein - einstmals Zeichen dafür, dass es auf der Burg etwas zu trinken gab.

Und getrunken hatten die Frankensteiner schon immer gern.

Und so kamen auch diesmal an diesem Tage des 100-jährigen Bestehens der Kunstruine viele Gäste aus Kloster, Witzelroda und Bad Salzungen auf den Berg zur Burg hinauf.

Selbst der Landrat Achim Storz, die Bürgermeisterin von Bad Salzungen Susanne Borrmann und Mitglieder der Krayenburggemeinde aus Tiefenort ließen es sich nicht nehmen zu erscheinen.

Bild 18: Zu Gast auf dem Frankenstein Landrat Achim Storz (Mitte) und die Bürgermeisterin der Stadt Bad Salzungen Susanne Borrmann (rechts) im September 1991.

Familie Urban übergab die alte Fahne der Frankensteiner an den Verein. Die Familie hatte die Fahne der Frankensteingemeinde von 1923 all die Jahre sorgsam aufbewahrt.

Auf der Rückseite der Fahne ist zu lesen:

***„Frank, froh und frei die Frankensteiner Losung sei!"***

Nach einem Jahr des Bestehens der *„Frankensteinge-meinde-Verein für Salzunger Geschichte e. V."* konnte diese auf ihrer Mitglieder- und Wahlversammlung am 1.7.1992 eine positive Bilanz ziehen. Die Mitgliederzahl war von anfänglich 17 Mitgliedern auf 36 Nachbarinnen und Nachbarn angestiegen. Aufräumungs- und Pflegearbeiten auf dem Frankenstein wurden in Angriff genommen, sich der Traditionspflege zugewandt und zahlreiche Verbindungen geknüpft.

Viel wurde erreicht, aber eine immense Arbeit lag noch vor dem Verein um sein gestecktes Ziel zu erreichen.

Alle Mitglieder waren sich einig: *Es liegt noch viel Arbeit vor uns, zu der wir noch viele „Hände und Köpfe" brauchen, die mit schaffen und mit denken, um besser wirksam werden zu können.*

Trotz aller Unkenrufe, die Frankensteingemeinde würde bereits nach sechs Monaten wieder vergessen sein, bewies das fröhliche Treiben, das zum Himmelfahrtstag am 28.05.1992 auf dem Frankenstein herrschte, das Gegenteil.

Das erste Mal kamen zwar einige zögernd, aber beim Abschied hieß es allgemein, nächstes Jahr finden wir uns hier wieder ein.

So wuchs die Besucherzahl jährlich an. Die Gäste kamen zu Fuß, per Rad, ganz nach Belieben von nah und fern.

Bei Bratwurst und Bier, Kaffee und Kuchen blieb mancher viele Stunden, andere wieder nur zu einer kurzen Rast.

Himmelfahrt auf dem Frankenstein zu feiern entwickelte sich zu einer guten Tradition.

Der Stadtrat Bad Salzungens entschied sich 1993, das stark beschädigte Türmchen, welches in den vergangenen Jahren mal als Jugendklub, mal als Sammelstelle des DRK für Altkleider diente, zu sanieren.

Im Herbst 1994 wurde es zur weiteren Nutzung an den Verein der Frankensteingemeinde übergeben.

Mit der tatkräftigen Mithilfe aller Mitglieder der Frankenstein-gemeinde konnte das hier entstandene Museum am 7. Mai 1995 eröffnet werden.

Das jahrhundertalte Gebäude wurde 1499 als Wallfahrtskapelle erbaut. Im 16. Jahrhundert diente es als Wohnstätte für Flurknechte und Schafhirte, später wurde es zum Allendorfer Gemeindehaus.

Von Anfang an war es den Vereinsmitgliedern wichtig, Abwechslung und Vielfalt ins Museumsleben zu bringen. Mit seinen regelmäßigen Sonderausstellungen wurde das Türmchen so zu einem festen Bestandteil im kulturellen Angebot der Stadt Salzungen.

Bild 19: Das Türmchen, ehemalige Wallfahrtskapelle, Wohnstätte für Flurknechte und Schafhirte sowie Allendorfer Gemeindehaus, jetzt Museum der Stadt Bad Salzungen (2010).

Heute wird die Burg vom Geschichtsverein „*Frankensteingemeinde*" unterhalten.

Seit sie saniert und in der Ruine die Klause eröffnet wurde, ist die Kunstburg auf dem Berg über dem Ort Kloster zum beliebten Ausflugsziel geworden.

Im Jahre 2000 fanden auf der Burg Frankenstein Ritterspiele statt.

Zwei Tage lang sah man sich in die Zeit des Mittelalters zurückversetzt.

30 Akteuren der Ritterschaft *„Erfordia e. V."* verwandelte den Frankenstein in eine mittelalterliche Burg. Die Zweikämpfe, bei denen es nicht immer ohne Beulen und blaue Flecken abging, fochten die mutigen Recken im Kettenhemd und aufgesetzten Helm mit Säbeln, Lanzen, Degen, Holzwaffen oder Messern aus.

Auch wenn einer von ihnen im staubigen Hof der Burg landete, war er hart im Nehmen, wie nun einmal Ritter waren.

Das rege Treiben im Ritterlager und buntes mittelalterliches Markttreiben gaben den sommerlichen Ritterspielen auf dem Frankenstein einen würdigen Rahmen.

Selbst die Hausherren, die Frankensteingemeinde in Kniebundhosen und in ihren blauen Poloshirts durften bei dem bunten Treiben nicht fehlen.

Weitere vielfältige Initiativen kennzeichneten die Arbeit des Vereins, so unter anderem:

- *Beseitigung der Altlasten rund um die Ruine.*
- *Herrichten von Wegen.*
- *Ausrichten von Veranstaltungen zu besonderen Höhepunkten und Festtagen.*
- *Instandsetzung und Ausstattung einer der Frankensteinhütten.*
- *Ausstattung der Klause.*
- *Bewirtschaftung des Frankensteins für Wanderer und Kurgäste.*

Neben seiner Doppelfunktion als Himmelfahrtstag und Feiertag der Arbeiter hatte der 1. Mai 2008 für die „*Frankensteingemeinde*" diesmal eine weitere besondere Bedeutung. An diesem Donnerstag erlebten Hunderte Besucher die Uraufführung des von Altmeister Harald Weyh intonierten und getexteten „*Frankensteinliedes*" und die Übergabe der CD, des Noten- und Textblattes an den Schultheiß der „*Frankensteingemeinde*", Karl-Heinz Blank.

Die zahlreich erschienenen Besucher ließen sich nicht lange bitten und sangen aus voller Kehle mit:

*„Hoch oben auf dem Frankenstein, da trifft sich Alt und Jung. Da ist die Luft so klar und rein. Das bringt Dich gleich in Schwung. Die Frankensteingemeinde bewirtet Dich ganz fein. Drum nimm Dir Zeit, genieß den Tag, sag Prost zu Bier und Wein."*

<u>Quelle:</u> Frankensteinlied von Harald Weyh (2008).

<u>Bild 20:</u> Bei den vergnüglichen Ritterspielen trafen sich auf dem Frankenstein Alt und Jung (2000).

Der Tag wurde ein Erlebnis für alle die, die von nah und fern herbei geeilt waren. Ein Ansturm, mit dem nicht zu rechnen war, denn der Wetterbericht hatte unbeständiges Wetter angekündigt.

Wer auf dem Gelände der Frankensteingemeinde keinen Platz fand, der konnte es im benachbarten Festzelt des Panorama-Hotels versuchen. Allerdings waren auch hier die Chancen gering.

Die Frankensteingemeinde ließ nichts unversucht, ihre Gäste zufriedenzustellen.

Obwohl schon bald für Nachschub an Brot, Brötchen und Bratwürsten gesorgt werden musste, bekamen die Nachbarn und Nachbarinnen der Frankensteingemeinde alles in den Griff.

Bild 21: Harald Weyh (4.v.l.) bei der Übergabe der Noten und der CD mit der Frankenstein-Hymne an Karl-Heinz Blank von der Frankensteingemeinde.

Erst in den Abendstunden flaute der Besucherstrom eines erfolgreichen Tages für die Frankensteingemeinde ab.

Auch die Kalkofensänger ließen sich nicht lange bitten und erfüllten den Wunsch nach Zugabe gern.

Die Albtaler Musikanten taten es ihnen gleich und betätigten noch weit über die vereinbarte Zeit hinaus ihre Pauken und Trompeten.

Bild 22: Gruppe der „Frankensteiner" in traditioneller Tracht (2001).

Bild 23: Symbol der Frankensteingemeinde.

# Fortgeführtes Erbe durch die Frankensteingemeinde im 21. Jahrhundert

In Jahre 2001 wurde die alte hölzerne Turmtreppe der „*Kunstruine*" durch eine neue Wendeltreppe ersetzt, sodass der kleine Aussichtsraum seitdem wieder bestiegen werden kann.

Nach 2002 wurden zahlreiche Maßnahmen unternommen, um die Burgruine bzw. „*Kunstruine*" zu sichern, zu restaurieren und touristisch aufzuwerten.

Im Jahre 2002 fand die erste Stadtkirmes statt, die den Beginn einer Reihe von kulturellen Veranstaltungen auf dem Frankenstein markierte.

Ein im Jahr 2010 im Rahmen der Flurerneuerungsmaßnahmen „*neu gebauter Weg am Frankenstein*" verbesserte die Streckenführung des Pummpälzweges und damit die Erreichbarkeit für Wanderer.

Im Jahre 2010 entstanden auch erste Ideen zur Umgestaltung des Dorfgemeinschaftshauses. Gleichzeitig feierte das Stadtmuseum „*Türmchen*" im Ortsteil Allendorf unter der Leitung der Frankensteingemeinde sein 15-jähriges Bestehen.

Ab 2011 wurden erste bauliche Schritte unternommen. Zunächst wurden eine verfallene Freilichtbühne und ein altes Pförtnerhaus auf dem Burgplateau abgerissen, um die historische Optik wieder herzustellen.

Am 3. September 2011 feierten Hunderte Besucher auf dem Frankenstein den 120. Jahrestag der Kunstruine sowie 20 Jahre Neugründung des Burgvereins. Bei strahlendem Wetter wurde ein ganztägiges Programm mit musikalischen Frühschoppen, mittelalterliche Modenschau, Ritterkämpfen für die Erwachsenen und Spielaktionen für Kinder geboten.

Im Oktober 2012 wurde in einem Dokument der Stadt Bad Salzungen hingewiesen auf die Notwendigkeit einer umfassenden Aufwertung der Freianlagen, um die touristische Attraktivität des Frankensteins weiter zu erhöhen.

Die umgesetzten Projekte der *„Erlebniswelt"* sind als direkte Folge dieser strategischen Planung zu sehen.

Bis 2013 folgte eine Neugestaltung der Außenanlagen auf dem Frankenstein, z.B. Wege und Sitzbereiche.

Diese Eingriffe dienten der Vorbereitung umfassender Sanierungen an der Kunstruine selbst.

Im September 2014 fand ein großes Bergfest statt, bei dem trotz Regen zahlreiche Familien zu Gulasch, Klößen und Bratwürsten auf den Frankenstein kamen. Für Kinder gab es dort eine Hüpfburg und Bastelangebote, während auf der Bühne Musik und Shows geboten wurden.

In Abstimmung mit der Denkmalschutzbehörde, dem Ortsteil Bürgermeister und der Frankensteingemeinde erarbeitete die Architektin Antje Rimbach 2016 ein Sanierungskonzept.

Es wurde ein Fördermittelantrag für die Restaurierung der Kunstruine gestellt, der bereits am 2. August bewilligt wurde.

Nach der Bewilligung des Fördermittelantrags wurde das Planungsbüro für Steinkonservierung in der Denkmalpflege Stephan Scheidemann aus Friedrichroda hinzugezogen.

Im September 2016 stand erneut ein großer Festakt an: Eingebettet in die Festwoche zum 750-jährigen Ortsjubiläum von Kloster Allendorf wurden *„125 Jahre Kunstruine"* und *„25 Jahre Frankensteingemeinde"* begangen.

Als Höhepunkt richtete man am 10. und 11. September 2016 einen *„zweitägigen Mittelaltermarkt"* rund um die Burgruine aus. Bei Sonnenschein genossen zahlreiche Besucher aus nah und fern historische Musikdarbietungen,

Handwerksvorführungen, Gaukler, Händlerstände und eine große Feuershow am späten Abend.

Erstmals wurde 2017 am Himmelfahrtstag ein ökonomischer Gottesdienst unter freiem Himmel auf dem Frankenstein gefeiert. Dabei wurde feierlich ein neu errichtetes Gipfelkreuz auf dem Frankenstein eingeweiht.

In den Folgejahren entwickelte sich dieser Open-Air-Gottesdienst zu einem beliebten Brauch für viele Gläubige - erst die Corona-Pandemie unterbrach die Reihe.

In der zweiten Jahreshälfte 2017 wurden Mauerwerk und Turm der Kunstruine umfassend saniert. (u.a. Ausbesserung der Mauerkrone und Dachabdichtung).

Am 12. Dezember 2017 konnte die instandgesetzte Ruine feierlich wiedereröffnet werden.

Bereits zuvor war auf dem Plateau im Herbst 2016 ein *„Grünes Klassenzimmer"* (eine halb offene Sitz- und Lernfläche im Freien) errichtet und am 18. Mai 2017 offiziell übergeben.

Das *„Grüne Klassenzimmer"* spielt eine entscheidende Rolle in der Auswertung des Frankensteins als Ausflugziel für Familien und Schulklassen.

Bild 24: Blick auf das „grüne Klassenzimmer".

<u>Bild 25</u>: Der „Waldspielplatz", ein Erlebnisort für Kinder.

2018 erfolgte die Anlage eines „*Waldspielplatzes*" unterhalb der Ruine. Diese Erweiterung komplettiert das Angebot der „*Erlebniswelt Frankenstein*" und schafft einen weiteren Anziehungspunkt.

Die städtische Tourist-Information bietet regelmäßig geführte Wanderungen zum Frankenstein an.

So starteten in der Saison 2018 monatlich Wanderungen mit Gästeführung ab Bad Salzungen. Auch spezielle Aktionstage wie der „*Weltgästeführertag*" wurden genutzt, um Führungen zur Burgruine anzubieten.

Im August 2021 wurde schließlich offiziell eine neue Themenwanderroute, die sogenannte „*MDR-Frankensteinroute*", eröffnet. Dabei handelt es sich um einen vom MDR Thüringen vorgestellten Wanderweg, dessen Höhepunkt die „*Kunstruine Frankenstein*" ist. Zur Eröffnung kamen fast 100 Wanderfreunde. Gemeinsam mit MDR-Moderatorin Sandra Voigtmann durchschnitten Vertreter der Stadt symbolisch das Band.

Bild 26: Mit einem 60-Watt-Strahler wird die Eingangsseite der Kunstruine angestrahlt.

Nach den Pandemie-Einschränkungen belebten seit 2022 / 2023 wieder kleinere Feste den Frankenstein, z.B.

Frühschoppen und Familientage mit Blasmusik und Kinderprogramm.

Ein Höhepunkt der jüngeren Geschichte war die Feier zum 100-jährigen Bestehen der ursprünglichen Frankensteingemeinde am 10. September 2023. Mit einem würdigen Festakt wurde an die Vereinsgründung im Jahre 1923 erinnert.

Der Vorsitzende Steffan Blank, seit etwa eineinhalb Jahren im Amt als Schultheiß, eröffnete die Feierlichkeiten in Anwesenheit zahlreicher Ehrengäste.

Am 09. Mai 2024 fand die Veranstaltung *„Himmelfahrt auf dem Frankenstein"* statt und das Besucher mit einem abwechslungsreichen Programm anzog.

Als eines der bedeutendsten Ausflugziele in der Region bietet die Kunstruine Frankenstein einen herrlichen Rundblick in der Werraaue, zur kuppenreichen Rhön und in den Thüringer Wald.

Die Entwicklung der Burg Frankenstein bzw. der Kunsturine Frankenstein und des umliegenden Areals in den vergangenen Jahren zeigt eindrucksvoll, wie durch das Engagement lokaler Vereine, insbesondere der Frankensteingemeinde, und mit Unterstützung öffentlicher Fördermittel ein historisches Kulturgut bewahrt und zu einem attraktiven Ausflugsziel entwickelt werden kann.

# Sagen um den Frankenstein

# Vom spukenden Bauer am Frankenstein

In Witzelroda lebte einst ein reicher hachiger Bauer. Er besaß droben auf dem Frankenstein einen großen Acker. Dieser genügte ihm aber nicht und er überlegte ständig hin und her, wie er ihn noch weiter vergrößern könnte, aber ohne etwas zu bezahlen. Schließlich kam er auf die Idee bei jedem Umpflügen seines Ackers, vom Acker seines Nachbarn etwas weg- und sich zuzupflügen.

Gedacht, getan. Da dies regelmäßig alle Jahre wieder geschah, wurde sein Acker größer und größer und der des Nachbarn kleiner und kleiner. Dieses Spiel trieb er bis zu seinem Tode. Der reiche Bauer sollte jedoch in seinem Grabe keine Ruhe finden, bis in den Tod hinein verfolgte ihn jetzt die unrechtmäßige Aneignung des fremden Ackers. Zur Strafe für diese ruchlose Tat musste er nun Nacht für Nacht auf dem Frankenstein als Geist umher spuken, und das so lange, bis sich einer fand, der das von ihm begangene Unrecht wieder gut machte.

Zu jener Zeit saßen Abend für Abend die Witzelröder, in dem vom Tabaksqualm verräucherten Wirtshaus des Ortes. Hier, in gemütlicher Runde, kam das Gespräch des Öfteren auf den spukenden Bauern am Frankenstein.

„Ich habe ihn oft gesehen und gehört", erzählte der Witzelröder Schäfer. „Kaum hatte die Gespensterstunde drunten auf dem Turm geschlagen, da stand der alte Hach pünktlich auf der früheren Grenze der beiden Äcker und versuchte mit einem Besen in der Hand den gestohlenen Erdboden längs des ganzen Stückes wieder hinüber auf den seines Nachbarn zu fegen. Man hörte ganz deutlich das Kratzen."

„Wirtin, noch ein Bier für den Schäfer!", rief ein Gast, der die ganze Zeit schweigsam in der Ecke gesessen hatte, zum Ausschank hinüber. „Ihm wird ja schon die Kehle ganz trocken vom Erzählen."

Die Wirtin ließ sich nicht lange bitten. Im Nu stand ein frisch gefülltes Glas vor dem Schäfer auf dem Tisch.

Goldgelbes Gerstengebräu mit einer weißen Schaumkrone.

Der Schäfer ergriff das Glas, prostete zum edlen Spender hinüber und nahm einen kräftigen Schluck. Mit dem Handrücken wischte er sich genüsslich den Schaum von den Lippen und begann weiter zu erzählen: „Eines Abends hatten wir, mein Junge und ich, aus Versehen unsere Schlafhütte direkt neben die Feldgrenze gestellt. Wenige Minuten vor zwölf begaben wir uns zur Ruhe.

Draußen war Mondschein und ein silberweißes Strahlenbündel fiel schräg durch die Dunkelheit in den Wagen. Wir lagen da und starrten auf die Wände, auf den Schatten und auf den weißen Mondlichtstreifen, der quer über unser Ruhelager fiel. Vom fernen Glockenturm schlug es zwölf - Mitternacht. Wir hörten es beide gleichzeitig recht deutlich, als es wieder angekratzt kam, blieben jedoch ruhig liegen. Aber Donner und Doria, da flogen wir auf einmal mit der Hütte beiseite! ..."

An dieser Stelle unterbrach der Schäfer für einen kurzen Moment seine Erzählung und nahm einen kräftigen Schluck aus dem Bierglas, das er in der Hand behielt. „In einer der nächsten Nächte haben wir es wieder probiert", setzte er leutselig fort. „Den Schlafwagen stellten wir wieder unmittelbar neben die Feldgrenze, und ihr glaubt es kaum, wir flogen wieder mit der Hütte beiseite. Dieses Spiel wiederholte sich in jeder Nacht, in der wir es wieder versuchten."

Erneut nahm der Schäfer einen Schluck aus dem Bierglas und schaute dabei in die Runde der aufmerksamen Zuhörer. Genüsslich trank er sein Glas bis zur Neige aus. Nachdem er den Seidel auf den Tisch gestellt hatte, wischt er mit dem Handrücken den Bierschaum von den Lippen. Er wandte sich dann an die Umsitzenden, die ihn bereits ungeduldig ansahen, mit der Frage: „Wollt Ihr wissen, wie es weiterging mit dem spukenden Bauern am Frankenstein?"

„Natürlich", gaben einige lautstark sofort ihre Zustimmung. Andere nickten wiederum nur mit dem Kopf.

„Der Reiche hatte einen Sohn, dem wurde das Spektakel endlich zu arg. Kurz entschlossen ackerte er seinem Nachbarn das gestohlene Eigentum wieder zu, und seitdem hat auch der Alte seine Ruhe im Grab gefunden."

## Der Schatz am Frankenstein

Noch in der heutigen Zeit erzählt man sich die eine oder andere Geschichte über den sagenhaften Schatz am

Frankenstein. Aber in keiner erfährt man, wer ihn zu welcher Zeit vergrub.

Vielleicht stammt der Schatz aus der Zeit des allgemeinen Niederganges vieler kleiner Herrschafts-häuser in Deutschland, die auch Ludwig III. zum Raubritter werden ließ. Mord und Totschlag, Raub und Vergewaltigungen zogen in das Frankensteiner Gebiet ein. Die Ritterknechte überfielen aus dem Hinterhalt heraus so manch vorüberziehenden Handelsmann. Nicht selten verlor dieser neben seinem Hab und Gut auch noch das Leben.

Vielleicht stammt der Schatz aber auch aus einer anderen Zeit der Dynastie der Frankensteiner.

Vielleicht ist es aber gar der Schatz des alten Nonnenklosters, der hier am Frankenstein vergraben liegt.

Fakt ist, dass es in der Vergangenheit immer wieder Leute gab, die den Schatz gesehen haben wollten.

Einmal, es soll an einem herrlichen Frühlingstag gewesen sein, geschah es, so erzählt man.

Auf den Wiesen sprossen die Blumen, die Grillen zirpten im tiefen Gras und die Vögel hoch in der Luft zwitscherten ihr lustiges Lied.

Einige Wanderburschen hatte es bei diesem schönen Wetter nicht mehr zu Hause gehalten und sie waren in die freie Natur hinausgezogen. Gegen Mittag erreichten sie die Westseite des Frankensteins.

Plötzlich, aus dem Nichts heraus, loderte auf dem nahen, umgepflügten Acker ein hell leuchtendes Feuer auf. Lautlos, fast unheimlich züngelten die kalten Flammen in die Höhe. Sie zuckten hin und her, fielen in sich zusammen, um mit noch stärkerer Kraft emporzuschießen.

Erschrocken waren die Wanderburschen stehen geblieben. Mit weit aufgerissenen Augen schauten sie dem faszinierenden Spiel zu. Endlich fand einer von ihnen die Sprache wieder und stieß mit belegter Stimme hervor: „Wisst Ihr, was das dort ist?"

„Nein", antworteten die anderen wie aus einem Munde.

„Aber ich kann es Euch sagen. Dort, wo die bläulichen Flammen emporlodern, ist sicherlich ein Schatz vergraben."

„Was für ein Schatz?" kam prompt die Frage.

„Der Schatz der Dynasten vom Frankenstein oder auch gar der des alten Nonnenklosters."

<u>Bild 28:</u> Beim Blick vom Frankenstein liegt die Stadt Bad Salzungen wie mit Bauklötzen liebevoll in die Landschaft gesetzt vor dem Betrachter (2010).

Ein anderes Mal, so erzählt man, soll es im Herbst gewesen sein. Stoppelfelder kündeten davon, dass die Ernte eingebracht war. Und genau um diese Zeit sollen Knechte aus Neuendorf damit beschäftigt gewesen sein, ein abgeerntetes Feld umzupflügen. Mit „Hü!" und „Hott!" und

Peitschenknall wurden die Pferde ständig zu einer schnelleren Gangart angetrieben. Sich kräftig in die Riemen legend zogen sie die Pflugschar von einem Ende des Feldes zum anderen und wieder zurück. Tief grub sich die glänzende Pflugschar durch den schweren Boden und brach eine Scholle nach der anderen um. Die Arbeit war fast getan, als die Pferde plötzlich scheuten und schnaubend stehen blieben.

Vergeblich versuchte ein Knecht sie mit „Hü!" und Hott!" und Peitschenknall vorwärts zutreiben.

Die Tiere blieben störrisch stehen.

„Na, mach schon!", rief einer der Knechte.

„Treib sie an! Wir wollen nicht noch die Nacht hier verbringen!", rief ungeduldig der andere.

Es wollte und wollte nicht vorwärtsgehen, so sehr der Knecht auch brüllte und mit der Peitsche auf die Pferde einschlug.

Ein anderer Knecht, der bisher dem Schauspiel tatenlos zugesehen hatte, gab den wohlgemeinten Ratschlag: „Hör auf, die armen Tiere zu schlagen. Schau lieber nach dem Pflugschar! Vielleicht hat sie sich an einem großen Stein verklemmt!"

Kaum hatte sich der angesprochene Knecht gebückt, um die Pflugschar zu untersuchen, da richtete er sich auch schon wieder auf und rief aufgeregt: „Schnell, kommt her!"

Im Laufschritt stolperten die Knechte über die Furchen und aufgebrochenen Erdschollen heran und rissen vor Staunen die Augen auf, die von all dem Funkeln und Glitzern geblendet wurden.

In der Furche stand ein kupferner Kessel, den die Pflugschar an seinem Henkel aufgewühlt hatte. Das runde Gefäß war bis zum Rand mit Silberstücken gefüllt, die in der untergehenden Abendsonne verheißungsvoll blinkten.

Einer der Knechte rief ob des so überraschend dargebotenen Schatzes den Pferden ein freudiges „Öha!" zu.

Und man glaubt es kaum, die Pferde zogen plötzlich an. Eine Erdscholle kippte über den Kessel.

Sofort warfen die Knechte sich auf die Erde und begannen wie die Wilden an der Stelle zu buddeln, wo eben noch der Schatzkessel zu sehen war. Erde flog nur so zur Seite. Und je tiefer die Knechte kamen, desto mehr fluchten sie.

Vom Kessel keine Spur. Der Schatz war genau so plötzlich verschwunden, wie er aufgetaucht war.

Man erzählte sich aber auch, dass es noch einen anderen Schatz geben soll. Er würde von einer weißen Jungfrau auf dem Schlosshof bewahrt.

## Die Jungfrau vom Frankenstein

Auf dem südwestlich etwas tiefer liegenden Bergkegel, rechts der Werra dicht über dem Ortsteil Kloster Allendorf bei Bad Salzungen, befindet sich eine geschichtlich denkwürdige Stätte. Hier stand einst die Stammburg des Dynasten-Geschlechtes des Herren von Frankenstein. Die Gründung der Burg fällt etwa in den Zeitraum zwischen den 6. Und 8. Jahrhundert. Sie wurde erbaut durch einen Gaugrafen der Ostfrankenkönige. Die geschichtliche Überlieferung beginnt mit Karl von Frankenstein.

Von dieser, einer der ersten Steinburgen im Werratal, die auf einem durch Steilabfall zur Talaue der Werra geschützten Ausläufer des Berges stand, erzählt sich das Volk eine Sage von einer weiß gekleideten Jungfrau, die hier alle sieben Jahre erschienen sei. Über dem geöffneten Kellergewölbe der Burg sitzend soll sie hier den Vorbeikommenden immer zugewinkt haben, um mit ihr in den Keller hinunterzugehen.

Der Herbst hatte im Jahre 1814 bereits seinen Einzug gehalten und die Blätter der zahlreichen Laubbäume um dem Frankenstein zeigten sich in ihrem bunten farbenprächtigen Kleid, das sie zu dieser Zeit anzulegen pflegten.

Aber es war auch die Zeit, wo die sieben Jahre gerade wieder einmal um waren. Und so geschah es, als ein Klösterer auf dem kürzesten Weg unterwegs von Kloster-Allendorf über den Burgplatz zum Pfaffenteich hinab nach Hause eilte, das die weiß gekleidete Frau erschien.

Plötzlich, wie aus dem Nichts heraus stand die Jungfrau vor ihm und schien ihn zuzuwinken.

Obwohl er für den ersten Moment stehen bleiben wollte, folgte er ihr wie einem inneren Zwang folgende, einige Schritte hinter ihr, um dann doch stehen zu bleiben.

Erneut winkte ihm die weiß gekleidete Frau zu, ihm doch zu folgen, bevor diese sich umdrehte und im Kellergewölbe verschwand.

Der Klosterer blieb jedoch unschlüssig am Eingang zum Keller stehen.

Bereits nach kurzer Zeit tauchte die weiße Jungfrau wieder aus der Dunkelheit des Kellers auf. Sie hatte mitbekommen, dass der Mann der Aufforderung in den Keller zu folgen nicht nachgekommen war und immer noch zögernd am Eingang zum Kellergewölbe stand.

In der Hand hielt die Jungfrau eine Handvoll Kirschen, die sie ihm, ohne zu zögern, in die linke Hand drückte und bevor er sich überhaupt darüber klar werden konnte, für was sich die Jungfrau bei ihm bedankte - ein lauter Knall.

Keller und Jungfrau waren verschwunden.

Nicht nur betäubt vom lauten Knall, sondern auch von dem seltsamen Geschehen, eilte der Mann nach Hause. Dort stellte er fest, dass er immer noch die Kirschen in der linken Hand hielt, die ihm die weiße Jungfrau auf dem Frankenstein gegeben hatte.

Wie groß war sein Erstaunen, als er die Hand öffnete.
Es waren keine Kirschen, die er da erblickte. Es waren
Gold- und Silberstücke, die ihm jetzt entgegen funkelten.
Bei einem Barchfelder Juden wechselte er diese ein.

## Vom Schafhof zu Dorf Allendorf

Allendorfs altes Gemeindehaus, das schmucke Türmchen,
ist eines der ältesten Bauwerke der Stadt Salzungen. Es
steht am linken Ufer der Werra, dem ehemaligen Kloster
Allendorf und dem Frankenstein gegenüber.

Von dem hohen Alter des Gebäudes zeugt die Einker-
bung „St. Jacobus 1499" in einem der verwitterten Quer-
balken des Hauses. Chroniken zufolge soll hier an der
Stelle des Türmchens im 16. Jahrhundert eine Kapelle zur
Andacht eingeladen haben.

Gegenüber auf der anderen Straßenseite liegt heute
noch ein alter Bauernhof, der früher zum Kloster Allendorf
gehörte. Er bildete das Vorwerk, den Schafhof des Klosters, das hier am Westende des Dorfes lag.

Vor Jahren konnte man noch über einem der Torpfeiler
des den Schafhof schließenden Tores, ein Bildwerk be-
trachten. Ein Engel war es, der mit beiden Händen ein
Wappen hielt. Über und unter dem Bild standen die Jahres-
zahl „1580" und die Worte

„DAS HAUS STEHT IN
GOTTES HAND
ZUM CLOSTER SCHAAF
HOF IST ES GENANNT"

zu lesen.

Reichhaltiger Sagenstoff schwebte über dem Schafhof, der von Generation zu Generation weiter übermittelt und so vor der Vergessenheit bewahrt wurde.

Unter den Gebäuden des Schafhofes befinden sich einige große Kellerräume. In einem derselben muss es einen verschütteten Eingang, zu einem unterirdischen Stollen geben, der zum Kloster Allendorf führte. Hier sollen bis zum heutigen Tag noch große Schätze verborgen liegen. Der rechte Schatzgräber habe sie nur noch nicht gefunden.

Viele haben es bisher freilich versucht, jene sagenhaften Reichtümer zu heben, aber leider immer vergebens.

Einst machten sich auch drei Leute auf, sie gehörten zu den ersten, die den geheimnisvollen Schatz heben wollten. Bewaffnet mit Hacke und Schaufel standen sie in kurzer Zeit vor dem Kellereingang, der zu der besagten Stelle führen sollte. Die Kellertür selbst war so alt wie das Haus. Es grenzte an ein Wunder, dass sie sich überhaupt öffnen ließ. Im Laufe der Zeit hatte das Metall der gebogenen Klinke Rost angesetzt und ließ sich nur Zentimeter für Zentimeter bewegen.

Nach einigen Mühen gelang es den Männern schließlich die Tür zu öffnen. Das lang gezogene Knarren der Türangeln hörte sich hier unten unheimlich an.

Durch das Öffnen der Tür war Staub, der sich in einer dicken Schicht abgelagert hatte, in Bewegung geraten. Er drang einen der Dreien in die Nase. Kräftiges Niesen hallte in der Stille des Kellers wider.

Erschrocken zuckten die anderen zwei zusammen.

Irgendwie zeigten die drei auf einmal Angst, den Keller zu betreten. Sie schienen zu ahnen, dass dort unten Unheil auf sie lauern könnte.

„Los! Vorwärts!", trieb der Mutigste von ihnen die anderen schließlich an.

Den Kopf mussten sie einziehen, als sie die ersten Schritte gingen und der dunkle Eingang sie verschluckte.

Der Keller war kalt und trocken. Auf der Treppe lag abgebröckelter Putz. Altes Gerümpel stand umher. Gegenstände, die ausgedient hatten – zerbrochen, verbogen, zerschlissen - umrahmt von staubigen Spinnennetzen.

Dazwischen halb leere Regale.

Das durch die kleinen Kellerfenster spärlich hereinfallende Tageslicht warf tiefe Schatten auf die Wände. Kaum waren der Schutt und die behauenen Felssteine, die in der äußersten Ecke des Kellers zuhauf lagen, zu erkennen. Jeder Stein, obwohl stumm, schien von Moder, Tod und Vergänglichkeit zu reden.

Sollte das etwa der, verschütte Eingang zum unterirdischen Gang sein?

Erst der gelbe Schein der mitgeführten Laterne brachte Licht in das Halbdunkel des Kellers.

Ja, es musste der Eingang und somit die Stelle sein, wo große Schätze verborgen liegen sollen.

Für einen kurzen Moment blieben die Männer davor stehen und betrachteten die Einsturzstelle.

Gänsehaut kroch über ihre Rücken, als sie so auf die heruntergefallenen Steinquader schauten. Obwohl ihnen das alles hier doch irgendwie etwas unheimlich vorkam, hielt sie nichts mehr zurück und sie begannen emsig zu graben. So eifrig waren sie damit beschäftigt, dass sie ihre Umwelt dabei völlig vergaßen.

Im Schein der Laterne tanzten die Schatten der Arbeitenden gespenstisch an der Kellerwand hin und her.

Plötzlich zuckte einer von ihnen zusammen.

Ein leises Geräusch war aus der Kellerecke zu vernehmen, dass irgendwie nicht hierher gehörte.

Der Mann blickte auf. Das blanke Entsetzen lag in seinen Augen. Er konnte noch nicht einmal schreien, ließ nur sein Werkzeug aus der zitternden Hand fallen und presste die geballte Linke auf den Mund.

Aufmerksam geworden, schauten die anderen zwei auf, und es ging ihnen nicht besser. Alle drei stierten entsetzt auf die Gestalt, die aus dem Nichts heraus erschienen war.

Ein Mönch war es, in seinem langen Gewand. Aus der über den Kopf gezogenen Kapuze blickte ein zürnendes Antlitz. Glühende Augen, schwarz und unergründlich schauten die Schatzsucher zwingend an.

Langsam schritt die gedrungene Gestalt näher.

Bild 29: Vergeblich suchten die Männer nach dem verborgenen Schatz.

Die drei hatten dabei das Gefühl, als würde diese den Boden überhaupt nicht berühren, sondern schweben. Das konnte natürlich auch eine Täuschung sein, da sie in ihrem jetzigen Zustand sowieso nicht alles erkannten.

Mit jedem Schritt des Mönches schmolz die Entfernung. Erst dicht vor ihnen blieb er stehen.

Stille umgab die Gruppe, doch hatten alle das Gefühl, als würde diese Stille leben. Sie lauerte dumpf, eine lebende Stille, die jeden Moment etwas Unerwartetes ausspeien konnte, das sicherlich an Schrecken kaum zu überbieten war.

Und wirklich, dass Unerwartete geschah.

Der Mönch hob plötzlich drohend die zur Faust geballten Rechte. Rötlich weiß leuchteten jetzt die Augen, die sie immer noch unverwandt anstarrten.

Es war so schaurig und schlimm, dass sie sich weigerten, das Geschehen überhaupt zu fassen und zu verarbeiten. Aber es war eine Tatsache, an der es nichts zu rütteln gab.

Das vor Wut rote Gesicht und die blassen Hände des unheimlichen Mönches wiesen tiefe Falten auf. Langes, weißes, strähniges Haar lugte unter der Kapuze hervor.

Kreideweiß und mit rasendem Puls konnten sie ihren Blick nicht von der Erscheinung lösen. Erst als einer von ihnen in seiner Not flüsterte: „Lieber Gott ... Bitte ..., das darf doch nicht wahr sein, das kann nicht ...", brach der Bann.

Der zürnende Mönch schien sie jetzt ergreifen zu wollen.

Für die Schatzgräber gab es nun kein weiteres Besinnen, sie machten auf dem Absatz kehrt, ließen Laterne sowie Werkzeug im Stich und rannten schreiend davon, während sie sich dabei bekreuzigten.

# Die Tulipan von Frankenstein

Einst ging von Barchfeld eine gottesfürchtige Frau nach Kloster Allendorf zum Begräbnis einer Nonne, die zu ihrer Freundschaft gehörte.

Der Weg führte sie durch Wald und Flur, an Stellen vorbei, wo der Weg manchmal noch schmaler wirkte, als er in Wirklichkeit war. Jetzt im Hochsommer, wo alles voll aufgeblüht und gediehen war, wuchsen die Zweige der Büsche über den Rand des Weges. Sie trafen sich fast in der Mitte und streiften beim Vorübergehen der Frau die nackten Beine.

Heiß brannte die Mittagssonne vom strahlend blauen Himmel, und da es tagelang nicht geregnet hatte, war die Erde trocken geworden. Bereits der leichteste Windstoß trieb den feinen Staub des Weges in langen Fahnen hoch und legte sich rechts und links auf die Gräser und die Kleidung der zügig dahin schreitenden Frau.

Bild 30: Weit schweift der Blick vom Frankenstein bis zu den bewaldeten Höhen des Thüringer Waldes (2010).

An der klaren Quelle, die hinter der Klostermühle am Fuße des Frankensteins fröhlich dahinplätschernd entspringt, konnte die Frau der Verlockung nicht widerstehen, eine kurze Rast einzulegen.

Da sie wusste, dass sie bei dem Leichenbegräbnis lange zu stehen hatte, ließ sie sich an dem schattigen Plätzchen nieder. Kaum hatte sie sich gesetzt und für einen Moment die Augen geschlossen, da ließ sie ein leises Rascheln auch schon wieder auffahren.

Dicht neben ihr wölbte sich das Erdreich zu einem kleinen Hügel, aus dem ein prächtiger Tulipan emporschoss.

Hei, was da die Frau für Augen machte.

Sich leicht im Winde wiegend schien die Tulipan ein leises Liedchen zu singen.

Ohne sich etwas dabei zu denken, griff die Überraschte zu und brach die Blume ab. Erschrocken schaute sie auf ihre Hand, denn es war nicht die Tulipan, sondern ein mächtiger Schlüssel, den sie da zwischen den Fingern hielt. Ungläubig schaute sie erst auf den Schlüssel, um sich dann scheu nach allen Seiten umzublicken.

Doch was war das!

Hinter ihrem Rücken, am Berghang, begann die Luft zu wabern. Langsam kristallisierte sich aus dem Nichts eine verschlossene Tür heraus.

Urplötzlich fing die Frau an zu zittern. Sie merkte, wie ihre Beine nachgeben wollten und sie sich nur noch mit einer instinktiven Bewegung am Türrahmen dieser ominösen Tür festhalten konnte. Sie atmete ein paar Mal tief durch und das Zittern verging. Trotzdem dauerte es noch eine geraume Weile, bis sie sich ein Herz fasste und den Schlüssel ins Schloss steckte.

Der Schlüssel passte.

Schaurig in den Angeln knarrend sprang die Tür auf.

Noch zögerte die Frau, doch bald trieb die Neugier sie in das Innere.

Bild 31: Die Tulipan.

Eine geheime Welt tat sich vor ihr auf. Wand und De-
cke glitzerten wie mit Silber beperlt, Tropfsteine bauten
98

wahre Wundergebilde und in der Mitte stand ein großer Kupferkessel, bis zum Rand mit blinkenden Geldstücken gefüllt.

Als die Frau ihren Blick auf den großen Kessel richtete, war es, als ginge ein blendendes Licht durch die Höhle und die Wände wurden durchsichtig wie der reinste Kristall.

Zögernd Schritt sie auf den Kessel zu, nahm vorsichtig mit beiden Händen so viel von den blinkenden Geldstücken heraus, dass die Taschen ihrer Schürze prall gefüllt waren.

Bewegte sich da nicht der Kessel?

Ja, es schien, als ob ihr der Kessel durch eine unsichtbare Hand entgegen geschoben würde.

Grausen ergriff die Frau. Ihre Lippen zuckten und plötzlich drang ein Lachen aus ihrem Mund, das allerdings seinen Ursprung in ihrer Angst fand und nicht etwa aus ihrer Freude.

Sie eilte rasch ins Freie, und als sie sich ängstlich umsah, war die Tür verschwunden. Ihr Schleier aber, den sie beim Eintreten daran gehängt hatte, hing jetzt auf einem wilden Rosenstrauch und wedelte leicht im Winde.

Hätte es der Frau nur nicht so gegruselt und sie den Kessel mutig angefasst, so hätte sie ihn samt dem ganzen Schatz an das Tageslicht ziehen können. So blieb Ihr nichts als das, was sie in die Schürze gerafft hatte.

War das nicht auch ein unverhoffter Reichtum?

Wer weist das zusagen?


## Der Jungfernstein

Die Hunnen, ein rohes und grausames, aber tapferes asiatisches Nomadenvolk, drang während des 4. und 5. Jahrhunderts von den kaspischen Steppen aus nach Westen vor.

Unter der Führung Attilas eroberten sie das Gebiet der Ostgoten westlich der Wolga, besiegten die Westgoten und unterwarfen verschiedenen andere germanische Stämme in Südosteuropa. Die wilden Reiterhorden durchstreiften den größten Teil des östlichen Europas und verwüsteten Deutschland und Gallien.

Die Feldzüge der Hunnen brachten sowohl das Oströmische als auch das Weströmische Reich an den Rand der Zerstörung.

Die angriffslustigen, kraftvollen Nomaden drangen auf ihren Pferden auch bis nach Thüringen vor.

Es muss die Zeit gewesen sein, als im Jahre 447 der fränkische König Merovaeus dem vornehmen fränkischen Ritter Hermann den Landstrich von Salzungen bis an den bei Eisenach gelegenen Mittelstein zur Herrschaft übertrug unter der Bedingung, dass er das Lehn darüber von dem fränkischen König empfangen sollte.

Ob die Burg auf dem Frankenstein bereits 447 oder erst nach dem Untergang des alten Königreiches Thüringen im Jahre 531, wo die Franken und Sachsen die Thüringer zuerst bei Waltershausen, dann in der Schlacht an der Unstrut besiegten, gebaut wurde, sei dahingestellt.

Auf jeden Fall stammt aus dieser Zeit eine Sage, die von einem Ritter, der mit seinen zwei Töchtern auf dem Frankenstein lebte, erzählt. Die angriffslustigen Hunnen sollen auch die Burg auf dem Frankenstein belagert und angegriffen haben.

Der Ritter rief alle seine Mannen zu den Waffen und bereitete die Burg zur Vereidigung gegen die räuberischen Horden vor. Zu seinen beiden Töchtern sprach er: „Kinder, wenn ich fallen sollte, so flieht durch den unter der Burg befindlichen Gang in das Dickicht des Waldes, damit ihr euch den Händen der blutrünstigen Feinde entzieht!"

„Nur keine Sorge Vater, uns wird schon nichts geschehen! Seht doch, wie fest die Mauern der Burg sind!"

„Was nützt eine feste Mauer, wenn sich der Feind in der Überzahl befindet. Beherzigt auf jeden Fall meinen Ratschlag. Versprecht ihr mir das?“

„Wir versprechen es!“, antworteten die beiden Mädchen wie aus einem Munde.

Nur wenige Tage vergingen, da näherte sich das Raubgesindel der Burg und die wilden Männer auf ihren struppigen Pferden überschritten die Werra.

Kurz entschlossen zog der Ritter den feindlichen Scharen mit den Häuflein der Seinen entgegen.

Es kam zur Schlacht. Die Kämpfenden hieben und stachen blindlings um sich. Im Eifer des Gefechts verschwammen die Gesichter vor den Augen in einem Nebel aus Schweiß und Blut.

Todesschreie erfüllten die Luft.

Bei dem erbittert geführten Kampf war der Kriegsgott jedoch den Hunnen hold. Berits nach kurzer Zeit musste der Ritter sich mit seinen Mannen der erdrückenden Übermacht des Feindes geschlagen geben und sich zurückziehen.

„Last uns verschwinden!“, rief der Ritter von Frankenstein hoch zu Ross. „Zurück zur Burg!“

Sein Pferd herumreißend ging es im wilden Galopp am Werraufer entlang der sich im weiten Bogen hinziehenden Feldweges hinauf zur Burg.

Seine Mannen folgten ihm.

Und die Hunnen mit wildem Kriegsgeschrei hinterher.

Genügend groß war noch der Vorsprung, als der Ritter an der Burg ankam, jedoch die Zugbrücke war emporgezogen.

„Last die Zugbrücke runter! Sofort, lasst die Zugbrücke runter!“

Aber die Burgbesatzung dachte gar nicht daran, die Brücke runterzulassen, aus Furcht der nachdrängende

Feind könnte die Gelegenheit nutzen, bei heruntergelassener Zugbrücke in die Burg einzudringen.

Alles Fluchen und Schimpfen des Ritters nützten nichts, die Zugbrücke blieb oben. So blieb ihm nichts anderes übrig als mit dem Pferd über den Wallgraben zu springen.

Die Hunnen waren schon gefährlich nah. Deutlich konnte man Ross und Reiter unterscheiden, wie sie ihre Pferde zu noch schnellerer Gangart antrieben.

Aus Verzweiflung ritt der Ritter ein Stück zurück, um genügend Anlauf zum Übersetzen über den Burggraben zu gewinnen. Dann gab er seinem Pferd die Sporen und galoppierte wie ein Wilder auf den Graben zu. Mit einem kräftigen Satz sprang das Pferd ab und flog über den Graben.

Das Vorhaben war gelungen.

Aber oh weh, auf der anderen Seite angekommen rutschten die Hufe des Pferdes vom Rand des Grabens ab und es stürzte laut wiehernd in die Tiefe und mit ihm der Ritter, der dabei den Tod fand.

Die Töchter hatten den Rat ihres Vaters beherzigt und waren unterdessen in den unterirdischen Gang geflohen und stiegen, als sie diesen verlassen, auf einen Laubbaum in unmittelbarere Nähe des Ausganges.

Verborgen im dichten Blätterdach glaubten sie sich vor der Entdeckung durch die wilden Hunnen sicher. Aber sie hatten die Rechnung ohne das Hündchen gemacht, das sie bei sich hatten, dieses wollte sich nicht von seinen Herrinnen trennen. Es umsprang mit lautem Gekläff den Baum und hüpfte immer wieder am Stamm empor.

Alles Zurufen der Beiden vom Baum hinab half nichts, das Hündchen ließ sich einfach nicht beruhigen.

Das laute Gebell und das seltsame Verhalten des Hündchens lockte einige der Hunnen herbei und diese entdeckten alsbald die Mädchen auf dem Baum.

Kein Erbarmen kannten die wilden Gesellen mit den Fräuleins und ermordeten diese.

Genau an die Stelle, wo der Mord geschah, setzte man später einen Stein, der von dem Wolke der Jungfernstein genannt wurde und der ganz das Aussehen eines Grenzsteins hatte.

Der Jungfernstein ist in der Nähe des Frankensteins allerdings nicht mehr zu finden. Es ist denkbar, dass an der Stelle, wo er einst stand, viel später das Nonnenkloster gebaut wurde.

## Die schwebende Jungfrau

Unter den vielen Rittern, die im Laufe der Jahrhunderte auf dem Frankenstein gelebt haben, befand sich auch einer, der eine hübsche Tochter hatte. In seiner Selbstsucht wollte er diese mit einem mächtigen Ritter verheiraten.

Nur seine Tochter, die Adelhaid war anderer Meinung, denn sie hatte sich in einen armen Burschen aus dem Orte Kloster-Allendorf verliebt. Weit ab von der Burg trafen sich beide am Erlensee, einem kleinen See auf den Werrawiesen zwischen Salzungen und Immelborn.

Dies ging auch lange Zeit gut.

Eines Tages ritt einer der Bediensteten des Ritters am Erlensee vorbei und erblickte Adelhaid mit den Burschen aus Kloster im hohen Gras am Ufer des Sees eng umschlungen sitzen. Dieser hatte nichts Eiligeres zu tun, als seinen Herrn von der heimlichen Liebschaft seiner Tochter zu berichten.

„Das soll der Kerl mir büßen!", kam es wütend über die Lippen des Ritters.

<u>Bild 32:</u> Der Ritter ersticht die heimliche Geliebtschaft seiner Tochter.

Und er schlich sich am nächsten Tag zum Treffpunkt am See.

Nichts ahnend saßen die Liebenden im Gras, liebkosten sich und blickten verträumt auf die blinkende Wasserfläche des Sees, in dem sich die Sonnenstrahlen widerspiegelten.

In diesem Moment bracht der Ritter mit Getöse aus dem nahen Gestrüpp hervor, stürzte mit gezogen Schwert in der Hand auf die Beiden zu und rief mit wütender Stimme: „Bursche, das wirst du mir büßen!"

Und ehe es sich der Bursche versah, hatte ihn der Ritter mit seinem Schwert durchbohrt.

Leblos brach der Jüngling zusammen und färbte mit seinem Blut das grüne Gras, das aus der Brustwunde sprudelte, rot.

Jammernd und immer wieder rufend: „Du Mörder, du! Ich will dich nicht mehr sehen!", brach das Mädchen über den leblosen Körper ihres Geliebten zusammen.

„Du kommst sofort mit mir!", fuhr der Ritter seine Tochter wütend an. „Wir sprechen uns auf der Burg!"

„Nein! Das kannst du vergessen!"

Mit Gewalt mussten die Knechte die verzweifelte Adelhaid auf die Burg zurückbringen und sperrten sie erst einmal in ihr Zimmer.

Am nächsten Tag ließ der grausame Vater seiner Tochter zu sich rufen und sprach zu ihr: „Du hast Schande über das Geschlecht der Frankensteiner gebracht und das musst du mit deinem Leben bezahlen!"

Und der erbarmungslose Vater hielt sein Wort, denn am nächsten Morgen fand man die Jungfrau erschlagen ganz in der Nähe der Burg im dichten Gestrüpp.

Seit dieser Zeit schwebt alle sieben Jahre eine weiße Jungfrau vom Frankenstein zum Erlensee, badet dort und hofft auf ihren Liebsten.

Dann schwebt sie wieder zur Burg zurück.

<u>Bild 33:</u> Schwebende Jungfrau alle sieben Jahre auf dem Weg vom Frankenstein zum Erlensee.

Vielleicht hat der eine oder andere im Erlensee schon eine Jungfrau baden gesehen.

Aber sicherlich nicht die erschlagene Tochter des Ritters vom Frankenstein.

## Der schwarze Ritter

Viele Ritter haben sich im Laufe der Zeit auf dem Frankenstein getroffen. Sind hier ein- und ausgegangen. So soll von Zeit zu Zeit auch ein schwarzer Ritter dort sein Unwesen getrieben haben. Dieser Ritter war kein Frankensteiner, sondern ein Ritter aus der Gegend von Schwarzenburg, deshalb wurde er auch der „Schwarze Ritter" genannt.

Wie eben dieser aber nun zum Frankenstein kam, verschwindet im nebelartigen Dunst der geschichtlichen Vergangenheit.

Also muss dies schon vor langer, langer Zeit gewesen sein, als der „Schwarze Ritter" auf die Burg kam und dort freundlich aufgenommen wurde.

Die gewährte Gastfreundschaft missachtend hatte der Ritter gar Arges im Sinn. Er wollte die Schätze der Burg und die Frau des Ritters rauben. In seiner Unverfrorenheit und Überheblichkeit wurde der „Schwarze Ritter" unvorsichtig und versuchte, Verbündete für sein Vorhaben auf der Burg zu finden.

Die Bediensteten des Frankensteiners hörten zwar den Ritter zu, aber hinterbrachten ihrem Herrn dessen Vorhaben.

Als dessen Absicht den Frankensteiner offenkundig wurde, forderte er, rasend vor Zorn, den fremden Ritter zum Kampf.

„Gastfreundschaft habe ich dir gewährt und du willst mir mein Gut und meine Frau rauben? Das wirst du mit deinem Leben bezahlen! Ich fordere dich zum Zweikampf heraus!", schrie wütend der Frankensteiner in seiner unbändigen Empörung.

Bild 34: Der schwarze Ritter.

Auf dem Burghof traten sie sich gegenüber, kreuzten die Klingen ihrer Schwerter.

Der erbittert geführte Zweikampf wogte hin und her.

Da der Frankensteiner um seine Ehre kämpfte, wuchsen seine Kräfte und er verletzte den Fremden erst durch

einen Hieb am rechten Arm, dann mit einem Schwert-
streich an der linken Schulter, ehe er ihm die Hiebwaffe in
die Brust stieß.

Da lag er nun, der Fremde, in seinem eigenen Blute, das
Schwert noch kampfhaft in der Hand festhaltend.

Der Frankensteine würdigte dem am Boden Liegenden
keines Blickes mehr. Er drehte sich um und schritt von dan-
nen.

Der stark aus seinen Wunden blutende, an Boden liegend „Schwarze Ritter" blieb zurück.

Niemand kümmerte sich um ihn.

So erlag der Fremde nach kurzer Zeit an den ihm zuge-
fügten schweren Stich- und Hiebverletzungen.

Er verblutete.

Die Seele des „Schwarzen Ritter" fand aber den Heim-
weg nach Schwarzenburg nicht mehr und so musste er bis
in alle Ewigkeit auf dem Frankenstein umhergeistern.

Vielleicht hat von euch schon einmal einer den
„Schwarzen Ritter" gesehen, wenn sich die Dunkelheit der
Nacht über den Frankenstein senkt und die weit ausladen-
den Kronen der zahlreichen Bäume an den Hängen des
Berges gespensterhaftes Aussehen annehmen.


## Kloster Allendorf und Burg Frankenstein


Eine Viertelstunde von Salzungen jenseits der Werra,
unter dem Frankenstein lag das Zisterzienser Nonnen-
Kloster Allendorf, über dessen Gründung nichts Si-
cheres vorliegt.

Es wurde 1518, weil die Nonnen lange Jahre ein
liederliches Leben führten, durch den Abt Hermann

von Fulda nach der Regel des heiligen Benedictus reformiert.

1525, im Jahr des Bauernkrieges wurde es durch wilde Bauernhorden, überfallen und ausgeplündert.

Der letzte Probst und die Äbtissin Dorothea mit ihren Nonnen fanden Schutz hinter den Stadtmauern Salzungens.

Noch zum Anfang des vorigen Jahrhunderts sah man die Ruinen des Chors der Klosterkirche.

Das Schiff derselben war bereits in das v. Reckrode zugehörige Schlösschen umgewandelt.

In diesem Schlösschen wollten die Dienstleute dann und wann nachts verschleierte Frauen traurig umherschleichen sehen.

Ebenso soll man in dem anliegenden Klostergarten das Wimmern kleiner Kinder deutlich vernommen haben.

Von einem der verfallenen Keller sagt man, dass er unter der Werra bis zu dem im Dorfe Allendorf gestandenen Wirtschaftshof des Klosters, den Schafhof, geführt habe.

Ein anderer Gang soll seine Richtung hinauf nach der Burg Frankenstein genommen haben.

Dort hinauf führte vom Kloster aus der sogenannte Kutscherweg.

Die Gründung der Burg fällt etwa in den Zeitraum zwischen dem 6. und 8. Jahrhundert. Sie wurde erbaut durch einen Grafen des Ostfrankenkönigs.

Die Überlieferungen beginnen mit Karl von Frankenstein um 816. Aus dem Namen „Frankenstein“ gehen die Herkunft der Erbauer und die typische Steinbaueise hervor.

Eine Sage erzählt, dass König Merowäus das Besitztum einen Edlen aus Franken schenkte.

Das Schloss wurde durch Abt Bertheus von Fulda 1266 zerstört.

Später wieder aufgebaut, wurde es 1295 durch Kaiser Adolf von Nassau abermals in eine Ruine verwandelt.

Bild 35: Der Kutscherweg zwischen Kloster und Burg.

Die Frankensteiner teilten das Schicksal zahlreiche Dynasten Geschlechter, die zu schwach waren, um sich auf die Dauer gegen so starke Gegner wie die Abtei Fulda oder die Henneberger behaupten zu können.

Obwohl sie einen zähen und gelegentlich erfolgreichen Widerstand leisteten, wurden sie langsam aber sicher aus dem von ihren Vorfahren erworbenen Erbe herausgedrängt.

Der schnelle Niedergang der Dynasten von Frankenstein hatte sich in der ersten Hälfte des 14. Jahrhunderts vollzogen.

Nach dem Untergang der Herrschaft der Frankensteiner und den mehr oder minder freiwilligen Verzichten auf ihre Ansprüche an die Erben ihres Besitzes verschwanden die Herren von Frankenstein völlig aus der Gegend.

# Dokumente

## Der Stammbaum der Frankensteiner

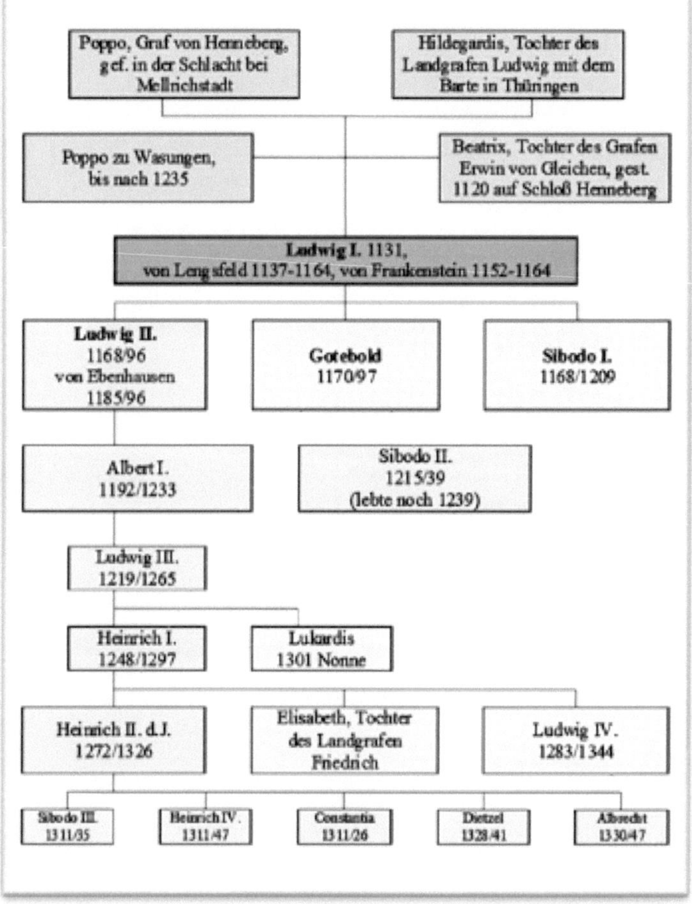


Quelle: Eilhard Zickgraf, „Die gefürstete Grafschaft Henneberg-Schleusingen", N.G. ELWERTsche Verlagsbuchhandlung (Kommissionsverlag), Marburg 1944, Seite 66/67 und kreinberg 9er-online.de.

# Auszug aus den Regesten zum Kloster Allendorf

**1. Juli 1285, Eisenach**

Heinrich der Ältere von Vrankenstepn bekundet: Heinrich, Propst des Stifts St. Nikolaus zu Ysnache, hat eine Hufe zu Salzungin, die er vom Abt von Hersveldensi gegen Zins innehatte, in Heinrichs Anwesenheit für zwei Jahre, beginnend am Fest Johannes des Täufers (24. Juni), dem Simon zu Tanna übertragen; die anliegenden Grundstücke sind ausgenommen. Simon soll dafür einen Malter Korn Salzunger Maß und 12 Maß Salz genannt sogh jährlich an Michaelis (29. Sept.) zahlen. Ist er dabei säumig, haben seine Bürgen Albrecht von Wilbrechterode und Berhold von Herphe gegenüber dem Propst in dessen Haus zu Eisenach dafür einzustehen. Nach den beiden Jahren fällt die Hufe an den Propst zurück.

Siegel des Ausstellers.
Zeugen: Konrad von *Gruzin*, Heinrich von *Erphordia*, Dietrich von Stetevelt, Sigewin und andere.

*Acta sunt hec in hospicio Henrici de Erphordia supradicti a.d. 1285 Kal. Iulii.*


**22. Dezember 1295, Salzungen**

Heinrich der Ältere von Frankenstein überträgt mit Zustimmung seiner Söhne Heinrich und Ludwig sowie seiner übrigen Erben das ihm bisher zustehende Patronat der Pfarrkirche zu Salzungen an das Kloster St. Marien zu Aldendorf. Dies tritt in Kraft, sobald der jetzige Pastor Berthold, Propst zu Rore, verstorben ist.

Siegel des Ausstellers.
Zeugen: Konrad von *Allendorf*, Ritter, Simon *de Abiete*, Erbo von *Geysa*, Albrecht von *Wilbrechterode*, Berhold von *Bernoldehusen*, Heinrich von *Breitingen*, Konrad von *Wiler* und andere.

*Datum et actum in Salzungen a.d. 1295 XI Kal. Ianuarii.*

## 23. Juni 1314

Eberhard Abt von Fulden überträgt mit Zustimmung des Dekans Heinrich und des Konvents dem Propst, der Abtissin und dem Konvent der Nonnen zu Aldendorf auf deren Bitten den Berg, auf dem einst die Burg Frankenstein stand, mit den an dessen Fuß liegenden, den Ausstellern gehörenden Grundstücken und dem, was das Kloster Aldendorf dort noch erwirbt, sowie dem Busch genannt burgholz.

Es siegelten Abt und Konvent.

*Datum a. d. 1314 X Kalenda Iulii*


## 28. April 1332

Seinen Herrn Heinrich Abt von Fulden teilt Ludwig von Frankinstein mit: die Brüder Volknand und Apel von Rosdorph haben ihre Güter in Dorf und Mark Grebindorph mit einem Mädchen an das Kloster St. Marien zu Aldendorph übergeben und sie Ludwig durch den verstorbenen Hermann von Wildbrehterode bereits vor zwei Jahren resiniert. Ludwig verzichtet gegenüber dem Abt, von dem er die Güter zu Lehen trug, darauf und bittet sie dem Kloster Aldendorph zu übereignen.

*Datum a.d. 1332 IIII Kal. Maii*

**8. Dezember 1314, Waldenburg**

Heinrich von Frankinsteyn überträgt wegen der geleisteten
Dienste Berthold von Craweluken den Älteren, seinen Söhnen
Gerlach und Berthold, Burgmannen zu Salczungen, zu Lehnsrecht
die Güter, die ihm durch den Tod des Berthold Pleban zu
Hemebach genannt von Heringen heimgefallen sind: eine nappam
und eine Hofstatt zu Salzungen, eine Hufe in der Mark dieser
Stadt sowie ein Fischwasser mit einer Mühlstatt zu
Vorgoldisbach.

Heinrich siegelt
Zeugen: Ludwig, Bruder des Ausstellers, Hermann von
*Pherdistorph*, Heinrich von *Wiler* und andere.
Ludwig kündigt zum Zeichen der Zustimmung sein Siegel an.

*Acta sunt hec Waldinburg a.d. 1314 die dominica post diem beati Nycolai
confessoris.*


**28. Februar 1315**

Eberhard Abt von Fulden bekundet, mit Zustimmung des Dekans
Heinrich und des Konvents ihr oberes Fischwasser in der Werra
unter der Burg Frankenstein, früher zu dieser Burg gehörig, an
Propst, Abtissin und Konvent zu Aldendorff zu Behebung von
deren Armut und für einen ewigen Jahrtag übertragen zu haben.
Bei Anwesenheit des Abtes in Salzungen oder in dessen
Umgebung hat dieses Fischwasser wie die übrigen dort seine
Küche zu beliefern.

Es siegelte Abt und Konvent.

*Actum et datum a.d. 1315 II Kal. Marcii.*

### 4. JUNI 1305

Abt Heinrich (V.) von Fulda erkauft von seinem Schwager Ludwig v. Frankenstein unter Vorbehalt des Rückkaufes pfandweise für 229 Pfung fuldaischer Pfennige die Hälfte des Schlosses Salzungen. Er verspricht, Ludwigs Bruder Heinrich in seinen Rechten nicht zu schädigen und sichert ihm das Rückkaufsrecht nach Ludwigs Tode zu. Kündigt sein und des Konvents Siegel an.

### 5. FEBRUAR 1308

Ludwig von Frankenstein und seine Gemahlin Adelhaid treten dem Abt Heinrich (V.) von Fulda mit Zustimmung Heinrichs von Frankenstein ihren Anteil an der Herrschaft Frankensteins, insbesondere an Schloß und Stadt Salzungen, gegen Überlassung von Schloß, Gericht und Stadt Lengsfeld im Werte von 100 Pfund und eines Erbburglehns von 20 Pfund fuldaischer Pfennige jährliche Einkünfte ab.

### 23. MAI 1311

Heinrich von Frankenstein tritt mit Zustimmung seiner Ehefrau Elsbeth und seiner Kinder Sibot, Heinrich und Constantia an Abt Heinrich (V.) von Fulda Stadt und Schloß Salzungen, die Schlösser Frankenstein und Waldenburg und den Zent Dermbach mit allem Zubehör außer den Mannlehen gegen Anweisung einer Leibrente ab.

<u>Quelle:</u> Kloster Veßra, Meiningen / Münnerstadt und Verlag Frankenschwelle KG, Hildburghausen.

# Ludwig von Frankenstein verpfändet unter Vorbehalt des Rückkaufs dem Abt Heinrich von Fulda für 229 Pfund fuldischer Pfennig die Hälfte des Schlosses Salzungen.(17. Juni 1305)

Ludwig von Frankenstein verpfändet unter Vorbehalt des Rückkaufs dem Abt Heinrich (B.) von Fulda für 229 Pfund fuldischer Pfennige die Hälfte des Schlosses Salzungen.

1305 Juni 17.

*UA Stift Fulda: Ausfertigung (A) auf 21 : 10,5 cm großem Pergamentblatt. Siegel an abhängendem Pergamentstreifen abgefallen.*
*Rückvermerk: (16.Jhd.) frankenstein.*
*Abschrift: (18.Jhd.) StA Marburg: Kap. 465 bl.15 (Kindlinger). Denner IV, 19*
*Regst: Ribsam nr. 149*

Nos Luduicus dominus de Frankenstein recognoscimus nos venerabili in Christo patri domino H. abbati Fuldensi et sue ecclesie in / ducentis et viginti novem libris denariorum Fuldensium esse ex causa mutui obligatos et nos ipsis obligasse pro eodem mutuo de / consensu et voluntate H. fratris et coheredis nostri medietatem castri de Saltzungen una cum castrensibus et quatuordecim librarum / denariorum Fuldensium redditibus et cum omni iure illo quo dicta castri illius medietas per nos prefato H. fratri nostro prius extitit / obligata qui inquam redditus solventur ipsis singlus annis de precaria opidi in Saltzungen vel de fori thelonio, si defecerint in eadem.

Sub hac sane conditione quod nobis licitum sit quandocumque poterimus et nostris heredibus si nos decesserismus, predictam medie/tatem castri cum castrensibus et redditibus memoratis redimere pro dicta summa pecunie a prefato domino nostro et sua ecclesia cum nostris / propriis denariis et nobis et non aliis sine dolo.

Qua summa ipsis exhibita et soluta dictum castrum cum castrensibus et redditibus antedictis / restituetur nobis absque omni contradictione liberum et solutum ita quod ante festum beate Walpurgis vel beati Michahelis ad dies / quindecim ipsis a nobis dicta summa pecunie persolvatur alioquin extunc redditus qui in dictis festis cenderent sive pecunia / deinde solverentur sive non, prefatus dominus et sua ecclesia tollere deberent contradictione qualibet non abstante.

Testes huius sunt / honorabiles viri M. decanus Fuldensis, H. prepositius montis sancte Marie et Bertholdus de Heringen plebanus in Henebach et strenui viri / Al. et Bertholdus de Wilbrehterode, B. de Crahenlucke et Sigewinus cum pluribus aliis fide dignis.

In cuius rei testimonium / sigillum nostrum presentibus est appensum.

Datum anno domini M°CCCV°XV kal. Julii.

Quelle: Jahrbücher 1937 und 1938 des Hennebergisch-Fränkischen Geschichtsverein Band 1 und 2 (Reprint) 2001, Seite 36/37.

# Verlauf der Grenzen des gesamten Besitzes der Herren von Frankenstein

Fast der gesamte Besitz der Herren von Frankenstein lag in den Grenzen des 1330 an Henneberg verkauften Forstes im Raum zwischen Vacha und Schmalkalden.

| Ostgrenze | *vom Kissel zum großen Inselsberg,* |
| --- | --- |
| | *zum Jagdberg,* |
| | *zur Quelle der Schmalkalde,* |
| | *folgt bis zur Einmündung des Altälchens,* |
| | *weiter über den Streitgirn zum Rennsteig empor,* |
| | *zum Nesselberg und zur dortigen Quelle.* |

Bei dem im Einzelnen nicht genauer beschriebene Verlauf berührte die Grenze den Ringberg, Mittelstille, Grumbach und den unbekannten Ort Torsuln an der hohen Straße, der sie bis zum Sassenbach bei Wasungen folgte.

| Scharf nach Norden | *umbiegend durch die Wüstung Grub,* |
| --- | --- |
| | *überschreitend der Werra bei Cralach,* |
| | *zum Hundsrücken,* |
| | *durchqueren der Gemarkung Eckardts,* |
| | *vorbeiziehend am Steinfirst nach Kaltenlengsfeld verlief die Grenze weiter.* |
| Absteigend | *durch das Gehölz „das Eynote" zur Felda hinab,* |
| | *bis Fischbach und Brunnhardtshausen folgend.* |
| Westwärts | *in das Zuflußgebiet der Ulster.* |

Selbstverständlich war dieser Bannbezirk an vielen Stellen durch geistlichen Besitz durchlöchert. In den Raum zwischen Schönsee, Werra und Rosa, d. h. in den Fortsen der Breitunger Klöster, besaß der Abt von Hersfeld allein das Recht auf die Jagd. Aber dennoch zeigt die Lage der Besitzungen der Herren von Frankenstein in eindrucksvoller Weise, wie ihre Grundherrschaft sich aus ihren Bannrechten entwickelt hat.

Quelle: Eilhard Zickgraf, „Die gefürstete Grafschaft Henneberg-Schleusingen", N.G. ELWERTsche Verlagsbuchhandlung (Kommissionsverlag), Marburg 1944, Seite 69/70.

**FAMILIE: BRUNO FRANKENSTEIN**

1913/3    **Bruno Georg Frankenstein**, geb. am 11.3.1913 zu Großbartloff, Sohn von Eduard Frankenstein, Handelsmann und Anna geb. Huhnstock aus Helmsdorf.
<u>Ehefrau:</u> Margarete geb. Hahn, Tochter von Landwirt und Postagent Alfons Hahn und Rosalia geb. Fiege, geb. am 10.8.1915 zu Großbartloff.
<u>Getraut:</u> am 11.9.1937 in Eisenach Pfarrkirche in der Sophienstr. von Pfarrer Hilden, jetzt wohnhaft in Großbartloff, Kirchgasse 2.

1937    **Eduard Horst Frankenstein** und **Ulrich Frankenstein** geboren und gestorben am 26.10.1937 wegen Frühgeburt.

1939    **Manfred von Frankenstein**, geb. am 6.5.1939 in Eisenach, Johannesplatz 12, Sohn von Bruno Georg Frankenstein, Uffz. und Heerestelefonist und Margarete geb. Hahn.
<u>Ehefrau:</u> Sophia geb. König, Tochter von Adolf König und Klara geb. Wehr
<u>Getraut:</u> am 23.10.1951.

1944/5    **Horts-Hagen Frankenstein**, geb. am 31.3.1944, als Sohn von Bruno Georg Frankenstein und Margarete geb. Hahn.
<u>Ehefrau:</u> Irmgard, geb. Schmidt, Tochter von Zig.Mstr. Karl Schmidt aus Büttstedt und Elisabeth geb. Hahn geb. am 13.3.1946.
<u>Getraut:</u> am 15.6.1966 in Büttstedt.

1947/9    **Alois Theodor Frankenstein**, geb. am 11.3.1947, als Sohn von Bruno Georg Frankenstein und Margarete geb. Hahn.

1949/25    **Margarete Anna Frankenstein**, geb. am 11.11.1949, als Tochter von Bruno Georg Frankenstein und Margarete geb. Hahn.
<u>Ehemann:</u> Otto Meyer, Tischler und Sohn von Aloys meyer, Tischlermeister und Landwirt und Ehefrau Margarete geb. Rademacher.
<u>Getraut:</u> am 27.8.1971.

1954/7    **Paul Gerhard Frankenstein**, geb. am 30.3.1954, Sohn von Bruno Georg Frankenstein und Margarete geb. Hahn.
<u>Ehefrau:</u> Monika geb. Malich aus Bebendorf, Tochter von Ignaz Malich und Agnes geb. Lange.

1955/12    **Barbara Maria Frankenstein**, geb am 4.12.1955 in Lengenfeld, als Tochter von Bruno Georg Frankenstein und Margarete geb. Hahn.
<u>Ehemann:</u> Gerhard Moser aus Struth, Sohn von Dorothea Moser geb. König aus Struth.
<u>Getraut:</u> am 7.5.1982 in Großbartloff.

1958    **Eduard Martin Frankenstein**, geb. am 11.1.1958, als Sohn von Bruno Georg Frankenstein und Margarete geb. Hahn.
<u>Ehefrau:</u> Lydia geb. Bode, Tochter von Benno Bode, Feinmechaniker und Lydia geb. König, geb. am 23.2.1959 in Küllstedt.

<u>Anmerkung:</u> *Der freundliche Überlasser dieser Angaben Herr Benedix aus Großbartloff ist der Ehemann von Silvia Frankenstein, deren Vater Horst-Hagen Frankenstein und ihr Großvater Bruno Georg Frankenstein ist.*

<u>Quelle:</u> Kopie aus dem Stammbaum der Familie Frankenstein von Herrn Benedix aus Großbartloff.

Den ersten und ältesten Nachweis über das Grafengeschlecht von
Frankenstein finden wir in verschiedenen Büchern, so schreibt:

Dr. Fritz Köhnlenz aus Weimar, William-Shakespeare-Straße 21
    "Erlebnisse an der Werra" Greifenverlag zu Rudolstadt 1973
    Seite 300

Dr. phil. Alfred Bach "Salzungen im Wandel der Geschichte"
    Bad Salzungen 1929, Seite 7, 9, 10 und 12.

An beiden Büchern haben 18 Professoren, Doktoren, Heimat- und
Naturfreunde sowie weltliche und kirchliche Unterlagen dazu
beigetragen, ferner

aus Erfurt, Eichendorffstraße 2, Manfred Tiller, Lehrer an der
Berufsakademie Erfurt, der durch seinen Artikel im Thür. Tage-
blatt von 29.7.1982 mir den Hinweis für diese Unterlagen bei der
Allgemeinwissenschaftlichen Bibliothek in Erfurt, Domplatz 1,
ausleihen konnte. Dieses habe ich mit Hilfe meines Bruders Karl
Frankenstein, Erfurt, Willi-Albrecht-Ring, auch erreicht, der
sich als Leser bei der Bibliothek hat eintragen lassen. Diese
Bücher müssen innerhalb von 4 Wochen zurückgegeben werden, das
Ausleihen ist kostenlos, durch Fotoausgabe.

Das evangelische Pfarramt in Bad Hersfeld "Pfarrer Schäffer"
übersandte mir 1962 die ersten Unterlagen aus dem Jahre 1742 aus
den Kirchenbüchern, aus denen hervorgeht, daß unsere Vorfahren
aus Friedewald/Hessen, das zum Pfarramt Hersfeld gehört, stammen.

Das geht auch aus der Chronik von Pfarrer " G ö r i c h " hervor,
der schreibt: "Der Name Frankenstein stammt aus Friedewald/Hes-
sen von der Burg Frankenstein und taucht erstmals 1819 in den
Kirchenbüchern von Großbartloff auf. Sämtliche Daten von 1825-
1982 stammen aus den Kirchenbüchern Skt. Peter und Paul von
Großbartloff, die mir Pfarrer Helmut  G e h r m a n n  im September 1982 hat einsehen lassen. Auswärts Geborene, Daten stammen
aus den Familienbüchern meiner Geschwister und aus Überlieferungen von Mw. Anna Maria König geb. Frankenstein, Ehemann Anton
König, Handelsmann, gest. am 9.1.1883/1. So erzählte mir die alte Tante – ich war wohl so 10 Jahre – ihr gehört nicht hierher,
eure Vorfahren haben soviel Krieg geführt, dabei sind sie ganz
arm geworden und mußten ihre Burg verlassen. Ihr habt blaues
Blut in den Adern usw., womit ich als 10-jähriger Junge nichts
anzufangen wußte. Der Vormund eurer Vorfahren hat den Besitz verkauft.

Aus all dem habe ich ersehen, daß das Leben des Menschen nur
Stückwerk ist, gemessen an der Zeit der Ewigkeit, so wird auch
dieser Ahnennachweis nur Stückwerk bleiben für den Lauf der Geschichte.

Allen Helfern, besonders Herrn Pfarrer Gehrmann – ein
" Herzliches Dankeschön "

                        L.S.

                Sigil.Par.Eccl.
                ad S.Petrum et
                Paulus Großbart-
                loff,Eichsf.

gez. H. Gehrmann                        gez. Bruno Frankenstein
Pfarrer von Großbartloff

<u>Quelle:</u> Kopie aus dem Stammbaum der Familie Frankenstein von Herrn Benedix aus
Großbartloff.

# Dokumente über die Frankensteingemeinde

## BAUZEICHNUNG DER KUNSTRUINE AUF DEM FRANKENSTEIN
### (1888)

<u>Quelle:</u> „Frankensteingemeinde" – Verein für Salzungen Geschichte e. V.

# Stiftungsfest

der

# Frankenstein - Gemeinde

am 11. Maien 1929

im Gasthof zur Linde, Dorf Allendorf

1. Begrüßung der Gäste und Jahresbericht

2. Feierliche Aufnahme

3. Ehrung von Nachbarn

4. Ein Singspiel
   vom Ehrennachbar Wilmar Mönch

5. Musikalische und andere Vorträge

# 1. Frankensteiner Bannerlied.

Eigene Melodie.

1. Ein glänzend Farbenbanner / Mit Helm und Flügel-
zier, / Zog mit den Frankensteinern / :,: Zum Kampf und ins
Turnier :,: / Es stand ein weißer Löwe / Aufrecht im blauen
Feld / Der seine güldne Krone / :,: Schützt trutzig wie ein
Held :,:

2. Die Frankensteingemeinde / Hegt gleichen Rittersinn, / Darum
ein gleiches Banner / :,: Soll wallen vor ihr hin. :,: / In
bunter Seide Streifen / Bestickt mit Lust und Fleiß / Mit
Wahlspruch überreichten / :,: Jungfrau'n den Ehrenpreis :,:

3. Die Frankensteingemeinde / Stets kämpf' mit Edelmut /
Für ihren Heimatboden, / :,: Für jedes Heimatgut :,: / Sie
sei ein Freudenbronnen / Ein Quellborn deutscher Kraft / Und
Heimstatt deutscher Sitten / :,: Die Herzerhebung schafft :,:

4. Denkt bei dem Ehrenbanner / An Eure Ehrenpflicht, /
Daß es dem deutschen Volke / :,: An Männern nie gebricht :,: /
Nicht nur an Soll und Haben / Sei auf der Welt gedacht, /
Auch das Gemüt wünscht Nahrung / :,: Daß froh das Herz
uns lacht :,:

E. Tenner.

# 2. Bergfahrt.

Singweise: Wohlauf, die Luft —

1. Frisch auf! Und nehmt den Stab zur Hand, / Mit Farn-
kraut schmückt die Hüte! / Der Sommer schreitet durch das
Land / In tausendfarb'ger Blüte. / Vom Feld und Raine
lockt der Schlag / Der Amseln und der Finken; / Wir sehnen
uns nach schatt'gem Hag, / Wir wollen Bergluft trinken. /
Vallerie —

2. Es jauchzt und braust der Trusefall; / In silberweißem
Bogen, / In tausend Strahlen wie Kristall / Die Wasser nieder-
wogen. / Hoch über ihm auf sonn'gem Hang, / Auf weich-
bemoosten Wagen, / Durch schlanker Buchen Dämmergang / Zieh'n
wir dem Ziel entgegen. / Vallerie —

3. Wir sehen am Dreiherrenstein / Die Schilder gastlich
blinken, / Sie laden durst'ge Kehlen ein; / Verlockend ist ihr
Winken. / Wir folgen dir, uralter Pfad, / Rennstraße sang-
umwoben, / Du führest uns zum Bergesgrat, / Frisch auf!
bald sind wir droben. / Vallerie —

4. Heraus! Wir schau'n im Sonnenglanz / Vom Inselberge
nieder, / Uns grüßet rings der Berge Kranz, / Die Täler,
Matten wieder. / Die Geba und die hohe Rhön, / Der Schnee-
kopf und die Gleichen! / Es kann kein Land, wär's noch so
schön, / Mein Heimatland erreichen. / Vallerie — Mansfeld.

124

## 3. Einst und jetzt.

Singweise: Ich weiß nicht, was soll es bedeuten.

1. Es waren die alten Deutschen / Kreuzbrave, gemütliche Leut' / Von ihrem gewaltigen Durste / Erzählt man sich staunend noch heut! / Sie lagen am Ufer des Rheines / Und an anderen passenden Stell'n / Und riefen, den Humpen schwingend, / „Wir trinken soviel, wie wir wöll'n!"

2. Sie feierten auch gerne Feste, / Zum Beispiel Jul und Sonnwend, / Von nahe und fern kamen Gäste / Man schmauste und zechte ohn' End. / Es flammten gewaltige Feuer / Empor in der freien Natur; / Drin briet man — 's war damals nicht teuer — / Das Wildschwein, den Wisent, den Ur.

3. Das Schlemmen zu motivieren, / Nannt' man es ein Opferfest, / Und konnt' man nicht alles verzehren, / So opfert' man Wotan den Rest. / Geräucherte Bärenschinken / Bracht' man zum Nachtisch noch her / Und bei der Sterne Blinken / Schwankt man nach Hause dann schwer.

4. Vergangen ist manches Jahrhundert, / Verschwunden manch uralter Brauch, / Doch siehst du noch heutigentages, / Oh Wandrer, den Opferrauch. / Und gehst du an sonnigen Tagen / Hinan zum Frankenstein, / Da lodern die Opferfeuer / Genau noch, wie damals am Rhein.

5. Es schmoret und bruzelt und zischet / Die liebliche Rostbratwurst / Auch plaget die heutigen Deutschen / Genau wie die Väter der Durst. / Es schmauset und trinket einträchtig / Die wackere Burggemein / Es muß dem Thüringer heute noch / Die Bratwurst heilig wohl sein.  H. Werner.

## 4. Steigt empor!

Singweise: Strömt herbei —

1. Steigt empor aus euren Talen, / Werfet ab des Werktags Last, / Auf den Bergeshöhen laden / Fried' und Freud zu froher Rast; / Bergglück will die Seele trinken, / Waldluft un'er Herz begehrt; / :,: Berge, Burgen, Wälder winken, / Uns vom Sonnenglanz verklärt. :,:

2. Pflegt die alten Freundschaftsbande, / Singt der Liebe hohes Lied! / Bundesgruß zur Nachbar-G'meinde / Mit den Höhenwolken zieht, / Rückt zusamm' zu froher Runde / Reicht euch nachbarlich die Hand / :,: Und als wie aus einem Munde / Schalle brausend durch das Land. :,:

3. Deutschland, Deutschland über alles, / Thüringen, mein Heimatland, / Auf das Bundesbanner schwör ich / Treue dir mit Herz und Hand. / Was ich bin und was ich habe, / Weih' ich dir als Unterpfand, / :,: Und im Heimatglücke juble / Ich dir zu, mein Vaterland. :,:  Nachbar Schettler-Hörselberggemeinde.

## 5. Frankensteiner Festgesang.

Singweise: In der Lüneburger Heide —

1. Auf dem hohen Frankensteine / Ei da lebt es sich so frei / In der Frankensteingemeine, / Dieser edlen Kumpanei! / Hollahi! Hollaha! / Herrlich lebt sich's ja / Stets bei Bier und Wein / Auf dem hohen Frankenstein!

2. Auf dem hohen Frankensteine / Ja da sitzen wir so froh! / Und es klingt aus voller Kehle: / Willekum und Holla-ho! Usw.

3. Auf dem hohen Frankensteine / Halten Sippung wir ja heut' / Trübsal blasen könn'n wir später, / Momentan fehlt uns die Zeit! Usw.

4. Auf dem hohen Frankensteine / Wird geleert so manches Glas / Aber nicht mit Brunnenwasser, / Denn dies Zeug ist uns zu naß! Usw.

5. Darum Nachbarn, schwingt die Humpen! / Stoßet an und stimmet ein / In den Ruf, den wonnevollen: / Willkumm! Hie gut Frankenstein! Usw.

H. Werner

## 6. Thüringen.

Singweise: An der Saale hellem Strande —

1. Stolze Burgen, weite Täler, / Grüner Berge still Revier; / Frohe Menschen in den Städtchen, / Schmucke Burschen, frische Mädchen / Sind des Thüringlandes Zier.

2. Ziehst, o Wandrer, du die Pfade / Durch den duft'gen, grünen Wald; / Halt von Sorgen frei die Seele, / Hab' ein Liedlein in der Kehle / Daß es froh durchs Waldtal hallt.

3. Fern dem lauten Weltgetriebe / Winkt dir heil'ge Einsamkeit; / Nur die Sonn' ist dein Begleiter, / Mit ihr wandre rüstig weiter / Ueber Tal und Höhen weit.

4. Dort in alter Burgen Mauern / Träumest du manch' süßen Traum; / Lichten Schleier webt Frau Sage / Und du schaust vergang'ne Tage, / Selten' Lied klingt durch den Raum.

5. Ziehst, o Wandrer, du von hinnen, / Nimmer ruht dein Wanderstab. — / Thüringen, du Wunsch der Lieder / Gib mir eine Ruhstatt wieder / Und ein grünumrauschtes Grab!

Wilmar Mönch.

Quelle: Scheermesser, Bad Salzungen, 1929.

126

# Überlassungsvertrag der Stadtgemeinde Bad Salzungen an das VEB Hartmetallwerk Immelborn
## (19.09.1952)

Überlassungs- Vertrag

Zwischen dem

VEB Hartmetallwerk Immelborn

und dem

Stadtrat Bad Salzungen

als Rechtsträger des volkseigenen Grundstückes der Ruine "Frankenstein" in Gemarkung Witzelroda

wird folgender Überlassungsvertrag geschlossen:

§ 1

Die Stadtgemeinde Bad Salzungen überläßt an den VEB Hartmetallwerk Immelborn sämtliche Gebäude und Einrichtungen auf dem Frankenstein zum ausschließlichen Zweck der Inanspruchnahme als Ferienlager, Durchführung von besonderen Veranstaltungen, wie Nationale Feiertage, Kulturprogramme, Schulungen, Lehrgänge usw. für die Dauer von mindestens 6 Monaten im Jahr.

Der überlassende Teil behält sich darüber hinaus ebenfalls die Benutzung sämtlicher Gebäudeteile und Einrichtungen für die gleichen vorerwähnten Zwecke vor und besteht für ihn die Pflicht für alle Fälle den Nutzungsberechtigten stets rechtzeitig vor jeder beabsichtigten Veranstaltung in Kenntnis zu setzen. Im übrigen wird für die zeitliche Benutzung von den Vertragspartnern zu Beginn eines jeden Jahres ein Plan als Anhang zu diesem Vertrag festgelegt. Für den öffentlichen Zutritt zur Ruine sollen keine Beschränkungen gelten.

§ 2

Die Überlassung gilt ab sofort und geschieht auf wenigstens 25 Jahre Vertragsdauer. Die Möglichkeit einer Aufhebung des Nutzungsverhältnisses kann nur nach den Planungsgesichtspunkten beider beteiligter Rechtsträger beurteilt werden. Sollte die Erfüllung von Planaufgaben bei dem einen oder anderen Rechtsträger die Lösung des Vertragsverhältnisses erforderlich machen, so ist dieses rechtzeitig zu vereinbaren.

§ 3

Durch Einführen des Prinzips der Überlassung von Anlagewerten an andere Rechtsträger gegen Erstattung der anteiligen Kosten wird an dieser Stelle festgelegt, daß die Überlassung vorbezeichneter Räume und Einrichtungen für die Dauer der Benutzung gleichfalls gegen Erstattung der anteiligen Selbstkosten zu geschehen hat. Dazu gehören Versicherungen, evtl. AfA (1%) Bewachungskosten, Wassergeld, Stromgebühren, Telefon usw., die ihren Niederschlag in einer separaten Berechnung und als Anhang zu diesem Vertrag finden.

b.w.

§ 4

Im übrigen bleibt aber während der Zeit der Überlassung der Stadtrat Bad Salzungen weiterhin verantwortlicher Verwalter, d.h., Rechtsträger für das Gesamtobjekt. Bauliche Veränderungen können daher jeweils nur als Investitionen oder Generalreparaturen bei den überlassenden Rechtsträger eingeplant werden. Die bereits von dem VEB-Hartmetallwerk durch Ausbau der Gebäude investierten und zur Erreichung des vorgesehenen Verwendungszwecks noch zu veranschlagenden Mittel sind zunächst mit den anteiligen Kosten aufzurechnen.

Die zu treffende Entscheidung darüber, in welcher Form und Ausmaß die Vergütung der von übernehmenden Teil aufgewendeten Mittel in ihren Restsummen nach Auflösung des Überlassungsvertrages zu geschehen hat, obliegt dem Ministerium des Innern HA Amt zum Schutze des Volkseigentums der Deutschen Demokratischen Republik.

Immelborn, den 19. Sept. 1952

Stadtrat Bad Salzungen
als überlassender Teil:

VEB Hartmetallwerk
Immelborn
als übernehmender Teil:

# Satzung der „Frankensteingemeinde - Verein für Salzungen Geschichte e. V."
## (27.06.1991)

" Frankensteingemeinde - Verein für Salzunger Geschichte e.V."

---

I. Name, Sitz, Geschäftsjahr

§ 1
Der Verein führt den Namen "Frankensteingemeinde - Verein für
Salzunger Geschichte".Er soll in das Vereinsregister eingetra -
gen werden und führt dann den Zusatz e.V.
Sitz des Vereins ist Bad Salzungen.Das Geschäftsjahr ist das
Kalenderjahr.

II. Zweck und Ziele des Vereins

§ 2
1. Der Verein stellt sich zum Ziel:
Förderung des Bewußtseins der Bürger zu Regionalgeschichte und
Erhaltung historischer Stätten, Identifizierung seiner Mit -
glieder und der Bürger mit ihrer Region und Weckung des
Interesses, der Verantwortung, Sachkenntnis und Tätigkeit für
Geschichte, Denkmal - und Traditionspflege sowie Heimatschutz
- sachbezogene Zusammenarbeit mit den Kommunalverwaltungen,
Institutionen, Organisationen und Betrieben, die der Geschichte,
Denkmal - und Traditionspflege besonders verpflichtet sind
- Beiträge zur Geschichte sowie Erhaltung, Wiederherstellung
und Nutzung historischer Stätten in der Salzunger Region
(Geschichtsgebiet)
- Unterstützung der Kommunalverwaltungen bei der Kontrolle des
Erhaltungszustandes der Denkmale und bei der Verwirklichung der
Schutzmaßnahmen entsprechend dem Denkmalschutzgesetz u.a.
Rechtsvorschriften

2. Der Verein will seine Ziele verwirklichen durch:
- Öffentlichkeitsarbeit und Publikationen sowie Beratung und
Vermittlung von finanzieller und tätiger Hilfe von privater
Hand
- enge Zusammenarbeit mit Personen, Vereinen und Einrichtungen,
welche sich mit Geschichte, Traditionspflege, Ökologie sowie
Natur - und Denkmalschutz der Salzunger Region beschäftigen
- Beteiligung an der Erhaltung, Erneuerung und Wiedernutzbar -
machung von historischen Stätten im Interesse des Gemeinwohls

3. Der Verein ist eigenständig, parteipolitisch und konfessionell
unabhängig und verfolgt ausschließlich und unmittelbar gemein -
nützige Zwecke.
Er ist selbstlos tätig und verfolgt nicht in erster Linie eigen -
wirtschaftliche Ziele.Mittel des Vereins dürfen nur zu satzungs -
mäßigen Zwecken verwendet werden.Mitglieder erhalten keine Zu -
wendungen aus Mitteln des Vereins.Es darf keine Person durch Aus -
gaben,die den Zielen des Vereins fremd sind oder durch unver -
hältnismäßig hohe Vergütungen begünstigt werden.

III. Mitgliedschaft

§ 3
Der Beitritt steht jeder natürlichen und juristischen Person
sowie rechtsfähigen und nicht rechtsfähigen Vereinen frei, bei
den letzteren werden Rechte (Stimmrecht usw.) jeweils durch eine
natürliche Person wahrgenommen.1.
Jugendlichen vom 14 - 18 Jahren steht der Beitritt frei und be -
darf der Einwilligung der gesetzlichen Vertreter.2.

3. Die Mitgliedschaft wird durch eine schriftliche Beitritts -
erklärung erworben und durch Beschluß vom Vorstand des Vereins
bestätigt.

4. Die Mitgliedschaft erlischt durch den Tod, Austritt, Ausschluß,
Liquidation oder Auflösung bei juristischen Personen oder Ver -
einigungen.

5. Die Mitgliederversammlung kann, mit einer Zwei - Drittel - Mehrheit
der Stimmen der anwesenden Mitglieder, ein Mitglied ausschließen, wenn
dieses schwerwiegend gegen die Ziele des Vereins und dessen Satzung
verstoßen hat.Vorher kann das auszuschließende Mitglied innerhalb
einer Frist von einem Monat ab Zugang eines Schreibens über die Ein -
leitung des Ausschlußverfahrens dagegen Einspruch erheben und dazu
Stellung nehmen.
Mitglieder, welche mit der Zahlung des Mitgliedsbeitrages zwei Jahre
in Rückstand sind, können ohne Anhörung ausgeschlossen werden.

6. Ansprüche des Vereins gegen ein Mitglied werden vom Ausschluß
nicht berührt.Es erfolgt keine Rückzahlung von Beiträgen bzw.
Spenden.

IV. Beiträge und finanzielle Angelegenheiten

§ 4
1. Der Verein erhebt von seinen Mitgliedern Beiträge, deren Höhe
von der Mitgliederversammlung festgelegt wird und die bis Ende des
1.Quartals des jeweiligen Jahres zu entrichten sind.

2. Zur Beschaffung finanzieller Mittel kann der Verein Spenden -
aktionen durchführen, Stiftungen und Legate sowie Sachspenden zur
Erfüllung seiner Ziele annehmen.

3. Der Verein bemüht sich um finanzielle Unterstützung durch
staatliche regionale und lokale kommunalpolitische Einrichtungen
(Länder, Kreise, Städte und Gemeinden) zur Absicherung der prak -
tischen und organisatorischen Arbeit.

V. Mitgliederversammlung

§ 5
1. Die Mitgliederversammlung ist das oberste beschlußfassende Or -
gan des Vereins.

2. Die Mitgliederversammlung ist mindestens einmal im Jahr vom
Vorstand einzuberufen.Sie ist auch dann einzuberufen, wenn ein
Drittel der Mitglieder dies schriftlich verlangen.Einladungen zu
ordentlichen Mitgliederversammlungen müssen mit Bekanntgabe der
Tagesordnung mindestens 3 Wochen vorher schriftlich zugestellt
werden (Datum des Poststempels).

Erscheint das Mitglied nicht, gilt das als Stimmenthaltung. In
Ausnahmefällen können außerordentliche Mitgliederversammlungen bei
der Wahrung einer Frist von mindestens 7 Tagen (Datum des Post -
stempels) mit schriftlicher Einladung einberufen werden.

3. Der Mitgliederversammlung obliegen mindestens folgende Auf -
gaben:
- Beschlußfassung über Anträge
- Wahl des Vorstandes
- die Entgegennahme des Tätigkeitsberichtes des Vorstandes, des
Jahreskassen - und Prüfungsberichtes sowie die Beratung und Ge -
nehmigung des Haushaltsplanes
- die Erteilung der Entlastung für den Vorstand oder einzelner
Vorstandsmitglieder
- die Benennung von Kassenprüfern für den jeweils nächsten vor -
zulegenden Kassenbericht
- Festsetzung von Mitgliedsbeiträgen; Ernennung von Ehrenmit -
gliedern
- Änderung der Satzung
- Auflösung des Vereins

4. Beschlüsse der Mitglieder bedürfen der einfachen Stimmenmehrheit
der anwesenden Mitglieder, mit Ausnahme § 3 / Absatz 5.
Stimmengleichheit gilt als Ablehnung.Die Abberufung des Vorstandes
oder einzelner Mitglieder des Vorstandes sowie Beschlüsse über die
Änderung der Satzung und die Auflösung des Vereins bedürfen einer
Mehrheit von zwei Dritteln der Stimmen der anwesenden Mitglieder.

5. Über die Mitgliederversammlung wird Protokoll geführt.Es muß
vom Protokollführer und Versammlungsleiter unterschrieben sein.

6. Die Mitgliederversammlung kann sich eine Geschäftsordnung geben.

VI. Vorstand

§ 6
1. Ein Vorstand von mindestens 3 Personen wird von der Mitglieder -
versammlung für eine Amtsdauer von jeweils 1 Jahr gewählt.Wieder -
wahl ist zulässig.

2. Jeweils zwei Vorstandsmitglieder vertreten gemeinsam den Verein
gerichtlich und außergerichtlich.

3. Scheidet ein Vorstandsmitglied im Laufe seiner Amtsperiode aus,
so können die übrigen Vorstandsmitglieder anstelle des ausgeschied.
ein neues Vorstandsmitglied mit Amtsdauer bis zur nächsten Mit -
gliederversammlung berufen.

VII. Auflösung des Vereins

§ 7
1. Die Auflösung des Vereins kann nur von einer zu diesem Zweck bei
Wahrung einer Frist von 4 Wochen einberufenen außerordentlichen
Mitgliederversammlung auf der Grundlage des gültigen Vereinigungs -
gesetzes mit Zweidrittelmehrheit der Stimmen der anwesenden Mit -
glieder beschlossen werden.

2. Bei Auflösung, Aufhebung der Vereinigung oder bei Wegfall
ihrer bisherigen Ziele ist das Vermögen des Vereins nach einem
dann zu fällenden Beschluß der Mitgliederversammlung unmittel -
bar und ausschließlich für gemeinnützige Zwecke im Sinne des
§ 2 Abs.1 und 2 dieser Satzung zu verwenden.

3. Bei Auflösung des Vereins erhalten die Mitglieder keine Ver -
mögensanteile.

Die Satzung des Vereins wurde einstimmig angenommen.

Bad Salzungen, den 27.06.1991

Unterschriften der Gründungsmitglieder:

Der Vorstand:

Wilke, Margot - Vorsitzender
Schoeps, Klaus - Stellvertreter
May, Marita - Kassenwart
Fritsch, Ella - Schriftführer
Rennert, Bruno - Ehrenmitglied

<u>Quelle:</u> Beiträge zur Heimatgeschichte „Frankensteingemeinde – Verein für Salzungen Geschichte e. V."

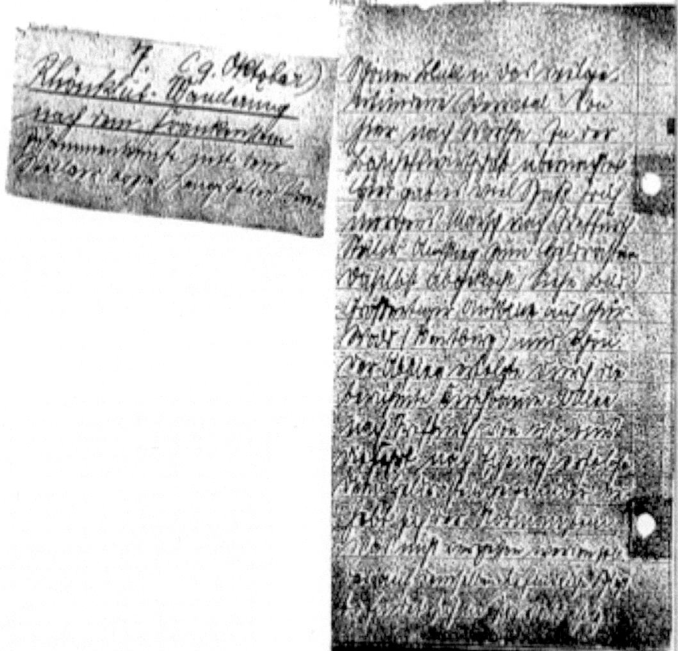



<u>Quelle:</u> „Frankensteingemeinde – Verein für Salzungen Geschichte e. V."

# Wichtige Projekte / Entwicklungen an der Kunstruine Frankenstein und „Erlebniswelt" seit 2002

| Jahr der Fertigstellung / Übergabe | Projekt / Entwicklung | Hauptmerkmal / Zweck | Finanzierung / verantwortliche Stellen |
|---|---|---|---|
| 2001 | Restaurierung Aussichtsturm | Ersatz der Holztreppe durch Wendeltreppe, Wiedereröffnung des Turmes. | Stadt Bad Salzungen (Vermutlich) |
| 18.05.2017 | „Grünes Klassenzimmer" | Bildungsangebot, Teil der „Erlebniswelt Frankenstein" | Stadt Bad Salzungen (Eigenanteil ca. 34.000,00 Euro) |
| 12.12.2017 | Umfangreiche Restaurierung der Kunstruine | Sicherung der Bausubstanz, Erhalt der Attraktivität | Stadt Bad Salzungen (Eigenanteil 107.000,00 Euro), LEADER-Förderung (83.000,00 Euro) |
| 2018 | Waldspielplatz | III. Bauabschnitt der „Erlebniswelt", Aufwertung für Familien | Stadt Bad Salzungen, LEADER-Förderung (max. 48.302,10 Euro) Planungsbüro Rimbachplan |
| 2010 | Neubau eines Weges am Frankenstein | Anbindung und Verbesserung des Pummpälzweges | Im Rahmen von Flurerneuerungsmaßnahmen |

Quelle: Burg Frankenstein Google, ChatGPT, perplexity

# Nennenswerte Aktivitäten der Frankensteingemeinde seit 2002

| Jahr (oder regelmäßig) | Veranstaltung / Aktivität | Kurzbeschreibung |
| --- | --- | --- |
| Jährlich | Diverse Veranstaltungen auf der Kunstruine | Organisation von Festen und Zusammenkünften |
| Jährlich (Himmelfahrt) | Bewirtung auf dem Frankenstein | Gastfreundschaft und Versorgung der Besucher |
| 2011 (2.-3. September) | Jubiläum: 120 Jahre der Kunstruine / 20 Jahre Frankensteingemeinde | Festveranstaltung mit ca. 600 Besuchern |
| 2022 (11. September, Bsp.) | Tag des offenen Denkmals | Öffnung der Kunstruine, Bereitstellung von Verpflegung |
| Fortlaufend | Pflege und Erhaltung der Anlagen. | Grundlegender Vereinszweck, Durchführung von Reparaturen und Sanierungen (hist.) |

<u>Quelle:</u> Burg Frankenstein Google, ChatGPT, perplexity

# Abkürzungen / Erläuterungen

| | |
|---|---|
| Allod | bezeichnet im mittelalterlichen und frühneuzeitlichen Recht ein Besitz, dessen Eigentümer darüber frei verfügen konnte. Der Besitz war nicht gebunden an irgendwelche Leistungen bzw. Verpflichtungen des Inhabers gegenüber anderen Personen. Ein Allod konnte gemäß dem landesüblichen Recht frei vererbt werden. Ursprünglich waren von den Einkünften aus Allodialgütern nicht einmal Steuern an den Landesfürsten zu zahlen. |
| bzw. | beziehungsweise |
| ca. | circa |
| d. h. | das heißt |
| DDR | Deutsche Demokratische Republik |
| DRK | Deutsches Rotes Kreuz |
| Dr. | Doktor |
| Dynasten | (griech. für „Herrscher, Machthaber") ist ein Regent oder kleiner Fürst. |
| e. V. | eingetragener Verein |
| Fuder | abgeleitet von der „Fuhre", die ein- oder zweispänniger Wagen laden konnte. |
| geb. | geboren. |
| gef. | gefallen. |
| gest. | gestorben. |

| | |
|---|---|
| ha | Hektar ein Flächenmaß |
| Heller | frühere deutsche Kupfermünze vom Wert eines halben Pfennigs |
| Hufen | altes deutsches Flächenmaß (der Hufe liegt bei 7,5 bis 10 ha). |
| Interregnums | Übergangsregierung, die Zeit zwischen dem Abdanken oder Ableben eines Regenten und der Amtsaufnahme seines Nachfolgers |
| Jh. | Jahrhundert |
| Kondominat | Herrschaft mehrerer über dasselbe Gebiet |
| m | Meter |
| Malter | ein früheres deutsches Hohlmaß |
| Maß | alte Maßeinheit, ein Maß ca. ein Liter. |
| n.Ch. | Das Jahr der Geburt Christi und die darauffolgenden Jahre werden oft mit dem Zusatz „nach Christus", oder „nach Christi Geburt" (abgekürzt *n. Chr.*) versehen. |
| nobiles | vornehm, berühmt, adelig, edel |
| Nr. | Abkürzung für Nummer |
| NSDAP | Nationalsozialistische Arbeiterpartei Deutschlands |
| o. | oder |
| phil. | philosophie |
| S. | Seite |
| Sept. | September |
| St. | Sankt |

| Symbolisch | sich auf Symbole beziehend, sie verwendend oder mittels Symbolen vorgehend . Synonyme: symbolisch. Adjektiv. Als sichtbares Symbol für etwas Abstraktes dienend. Synonyme: emblematisch, sinnbildlich, symbolisch. |
| --- | --- |
| Thür. | Thüringen |
| u. | und |
| u. a. | unter anderem |
| u. a. m. | und anderes mehr. |
| v. | von |
| VEB | Volkseigener Betrieb |
| v.l. | von links |
| z. B. | zum Beispiel |

# Quellennachweis der Bilder

Bild 1 — Privatfoto Ernst-Ulrich Hahmann, Bad Salzungen

Bild 2 — Ausschnitt aus dem Frankensteinfresko im Gasthaus „Zum Klostergarten" gemalt im Bräustübel von C. Räppel
Kloster / Bad Salzungen 1938

Bild 3 — Ausschnitt aus dem Frankensteinfresko im Gasthaus „Zum Klostergarten" gemalt im Bräustübel von C. Räppel
Kloster / Bad Salzungen 1938

Bild 4 — Internet www. krayenburg.de und Internet web114.server 100.greatnet.de

Bild 5 — Internet www. kriegsreisende. de

Bild 6 — Ausschnitt aus dem Frankensteinfresko im Gasthaus „Zum Klostergarten" gemalt im Bräustübel von C. Räppel
Kloster / Bad Salzungen 1938

Bild 7 — Ausschnitt aus dem Frankensteinfresko im Gasthaus „Zum Klostergarten" gemalt im Bräustübel von C. Räppel
Kloster / Bad Salzungen 1938

Bild 8 — Ausschnitt aus dem Frankensteinfresko im Gasthaus „Zum Klostergarten" gemalt im Bräustübel von C. Räppel
Kloster / Bad Salzungen 1938

Bild 20    Margot Wilke Archiv der Frankensteingemeinde - Verein für Salzunger Geschichte
e.V.

Bild 21    Monika Gebhard, Südthüringer Zeitung vom
03.05.2008, Ressort Bad Salzungen

Bild 22    „Frankensteingemeinde" - Verein für
Salzunger Geschichte e.V.

Bild 23    „Frankensteingemeinde" - Verein für
Salzunger Geschichte e.V.

Bild 24    Privatfoto Ernst-Ulrich Hahmann, Bad
Salzungen

Bild 25    Privatfoto Ernst-Ulrich Hahmann, Bad
Salzungen

Bild 26    Unbekannt

Bild 27    Privatfoto Ernst-Ulrich Hahmann, Bad
Salzungen

Bild 28    Privatfoto Ernst-Ulrich Hahmann, Bad
Salzungen

Bild 29    Autor

Bild 30    Privatfoto Ernst-Ulrich Hahmann, Bad
Salzungen

Bild 31    Autor

Bild 32    Autor

Bild 32    Autor

# Genutzte und weiterführende Literatur


| | |
|---|---|
| Bergmann,<br>Gerd Dr. | „Die Burg Metilstein bei Eisenach -<br>Legende und Wirklichkeit"<br>*In Straßen und Burgen um Eisenach.*<br>*Eisenach 1993 S. 77-91* |
| Bienert,<br>Thomas | „Bad Salzungen, verschwundene Burg<br>Frankenstein - Mittelalterliche Burgen<br>in Thüringen"<br>*Gudensberg-Gleichen 2000* |
| Brückner | „Landeskunde des Herzogtums<br>Meiningen"<br>*Zweiter Teil, S. 3-68* |
| Geisthirt,<br>Johann Con-<br>rad | „Historia Schmalcaldia oder Histori-<br>sche Beschreibungen der Herrschaft<br>Schmalkalden"<br>*Schmalkalden und Leipzig In Kommis-<br>sion beid Feedor Wilisch 1881, Reprint<br>Schmalkalden 1992* |
| Gerlach,<br>Harry | „Wanderatlas Bad Liebenstein / Bad<br>Salzungen"<br>*VEB Tourist Verlag*<br>*Berlin / Leipzig 1978* |
| Gottschalck,<br>Friedrich | „Die Ritterburgen und Bergschlösser<br>Deutschlands"<br>*C.A. Schwetschke und Sohn*<br>*Halle 1831* |

Hertel,
Ludwig

„Der Frankenstein - Bau- und Kunst-
denkmäler Thüringens, Herzogtum
Sachsen-Meiningen"
*Heft XXXV Amtsgerichtsbezirk Bad
Salzungen
Jena 1909*

Kühnlenz, Dr.
Fritz

„Erlebnisse an der Werra"
*Greifenverlag
Rudolstadt 1973*

Mölsch,
Johannes

„Fuldische Frauenklöster in Thürin-
gen"
*Veröffentlichung der Historischen
Kommission für Thüringen, Große
Reihe, Band 5
Verlag Urban & Fischer, München,
Jena 1999*

Patze, H.

„Handbuch der historischen Stätten"
*Band 9*

Posse, Otto

„Die Siegel des Adels der Wettiner
Lande bis zum Jahre 1500"
*Im Auftrag der königlich sächsischen
Staatsregierung herausgegeben.
III. Band
Verlag von Wilhelm Baensch
Dresden 1908*

Rach,  Alfred
Dr. phil.

„Salzungen im Wandel der Geschichte"
*Verlag von L. Scheermessers Hofbuch-
handlung
Bad Salzungen 1929*


Reinhards,
Johann Paul

„Sammlung seltener Schriften, welche
die Historie Frankenlandes und der an-
grenzenden Gegenden erläutern"
*Zweiter Teil
Coburg, bei Johann Carl Findeisen
1764
(Bayrische Staatsbibliothek
36605399540013)*


Ruck,
Hartmut

„Bad Salzungen - Chronik einer thürin-
gischen Stadt"
*Privatausdruck
Bad Salzungen 2007*


Wagner,
Gerhard

„Verwehte Spuren - Die Anfänge der
Thüringer Landesgeschichte"
*Rhino Verlag
Ilmenau 2008*


Wagner, J.G.
Dr.

„Geschichte der Stadt und Herrschaft
Schmalkalden nebst einer kurzen Über-
sicht der Geschichte der ehemaligen
gefürsteten Grafschaft Henneberg"
*R.G. Elwert'scher Verlag,
Marburg und Leipzig 1849
(36631458445 0012 Bayr. Staatsbibliothek)*

| Walch, Ernst Julius | „Historische, statistische, geographische und topographische Beschreibung der Königlich- und Herzoglich-Sächsischen Häuser und Lande überhaupt und des Sachsen-Coburg-Meiningischen Hauses und dessen Lande" *Adam Gottlieb Schneider Weigels Kunst-, Buch- und Landkartenhandel, Nürnberg 1811 (Bayrische Staatsbibliothek München)* |
|---|---|
| Waitz, Georg Dr. | „Jahrbücher des Deutschen Reiches unter dem Sächsischen Hause - König Heinrich der Erste" *Erster Band, erste Abteilung Herausgegeben von Leopold Ranke Verlag von Dunker und Humblot Berlin 1837* |
| Zickgraf, Eilhard Dr. | „Die gefürstete Grafschaft Henneberg - Schleusingen" Geschichte des Territoriums und seiner Organisation *Schriften des Institutes für geschichtliche Landeskunde Hessen und Nassau N.G. ELWERTsche Verlagsbuchhandlung (Kommissionsverlag), Marburg 1944* |
| Zickgraf, Eilhard Dr. | „Die Verträge der Herren von Frankenstein mit dem Stift Fulda" *Jahrbücher des Hennebergisch-Fränkischen Geschichtsverein 1837/38 (Reprint)* |

*Hennebergisch-Fränkischer Ge-*
*schichtsverein Kloster Veßra, Meini-*
*gen/Münnerstadt und Verlag Franken-*
*schwelle KG*
*Hildburghausen 2001*

Ziegler,          „Der Rennsteig des Thüringer Waldes"
Alexander         Eine Bergwanderung mit einer histo-
                  risch-topografischen Abhandlung über
                  das Alter und die Bestimmung des We-
                  ges
                  *Dresden, Carl Höckner, 1862*

„Frankenstein"
*Salzunger Wochenblatt vom 19. und 26.4.1944*

Kopie aus dem Stammbaum der Familie Bruno Frankenstein
*Benedix aus Großbartloff verheiratet mit Silvia Fran-*
*kenstein*
*2011*

Salzungen - Historischer Streifzug durch das Salzunger
Land
*Frankensteingemeinde - Verein für Salzunger Ge-*
*schichte e. V.*
*Salzungen Oktober 1992*

Frankensteiner Heimatblätter, 2. Jahrgang, Februar
1992, Nr. 8, Seite 1 bis 6
*Frankensteingemeinde - Verein für Salzunger Ge-*
*schichte e. V.*

Frankensteiner Heimatblätter, 2. Jahrgang, März 1992,
Nr. 9, Seite 1 bis 9
*Frankensteingemeinde – Verein für Salzunger Geschichte e. V.*

Jahrbücher des Hennebergisch-Fränkischen Geschichtsverein 1937 und 1938, Band 1 und 2 / 1939 bis 1941
Band 3 bis 5 (Reprint 2001)
*Hennebergisch-Fränkischer Geschichtsverein Kloster Veßra, Meinigen / Münnerstadt und Verlag Frankenschwelle KG*
*Hildburghausen 2001*

Jahrbuch 1992 des Hennebergisch-Fränkischen Geschichtsvereins, Band 7
*Hennebergisch-Fränkischer Geschichtsverein Kloster Veßra,*
*Druckerei Richard Mack GmbH, 8744 Mellrichstadt,*
*Friedensstraße 9, Mellrichstadt 1993*

Hommage an die Frankensteingemeinde
*Südthüringer Zeitung, Ressort Bad Salzungen,*
*03.05.2008*

# Autorenprofil

*Oberstleutnant a.D.,* geb. 1943 in Ellrich am Südharz, lebt in Bad Salzungen, Ausbildung als Dreher, danach Laufbahn eines Artillerieoffiziers. Während der Wendezeit Einsatz als Kreisgeschäftsführer beim DRK Bad Salzungen. Anschließend in hessischen und bayrischen Sicherheitsfirmen in unterschiedlichen Funktionen tätig. Zwei Mal verheiratet. Verwitwet. Drei Kinder. Nach der Wende Fernstudium *„Schule des Großen Schreibens"* an der Axel Andersson Akademie in Hamburg. Jetzt im Ruhestand. Geht seinen Hobbys nach. Schreibt jeden Tag mindestens eine Stunde und geht regelmäßig ins Fitness Studio. Gründungsmitglied des Literaturkreises Bad Salzungen.

## Veröffentlichungen:

* *Das alte Salzungen - Sagen einer Stadt im Werratal*
* *Die Schnepfenburg - Bad Salzungen*
* *Die Ritter vom Frankenstein*
* *Die Gotteshäuser von Bad Salzungen*
* *Die Ritterburgen im Salzunger Land*
* *Das alte Ellrich - Sagen einer Südharzstadt*
* *Die wilde Horde*
* *Mit neunzehn im Kessel von Stalingrad*
* *Der Weg in die Hölle - Stalingrad*
* *Unter der Knute Stalins*
* *Reiki - Heilende Hände (Co-Autor Edelweiß Knabe)*
* *Es gibt eine wunderbare Kraft ... (Co-Autor Edelweiß Knabe)*
* *Lausbuben - Geschichten und Erzählungen aus der Kinderzeit*
* *Buntes Allerlei*
* *Lyrisches- Eine Schubkastensammlung aus Poesie*

❋ *Die St. Johanniskirche in Ellrich - Höhen und Tiefen, Licht und Schatten eines evangelischen Gotteshauses*

❋ *Der Hund - Der beste Freund und Helfer des Menschen*

❋ *Kleiner Löwe Flynn*

❋ *Gedichte - Phantasien und Gedanken in Versen*

❋ *Kindereinrichtung Albert-Schweitzer-Haus / Ein Stück Geschichte seit 1965*

❋ <u>*Jörg Seedow - Ein Journalist auf Spurensuche:*</u>
*Band 1: Der Leichenschänder*
*Band 2: Der Flüchtlinge*

❋ <u>*Welt der Heimatsagen:*</u>
*Band 1: Sagen und Geschichten aus dem Werratal*
*Band 2: Sagen und Geschichten aus dem Südharz-Vorland*
*Band 3: Sagen und Geschichten aus dem Südharz-Vorland, dem Werratal und Unterfranken*

❋ <u>*Welt der Heimatsagen:*</u> *Band 1 / Band 2 / Band 3 Thüringer Rhön*

❋ <u>*Welf Wesley - Der Weltraumkadett:*</u>
*Band 1: Die Feuertaufe*
*Band 2: Auf den Spuren der Außerirdischen*
*Band 3: In Weltall verschollen*
*Band 4: Zurück zur Erde*
*Band 5: Flucht in die Unendlichkeit*
*Band 6: Die parallele Welt*

❋ <u>*Todesursache: Vernichtung durch Arbeit:*</u>
❋ *Band 1: Kali-Werra-Revier und das KZ Buchenwald*
*Band 2: Außenkommandos des KZ Buchenwald im Kali-Werra-Revier*
*Band 3: Einsatz Kriegsgefangener und Fremdarbeiter im Kali-Werra-Revier*
*Band 4: SS-Arbeitslager Erich*
*Band 5: SS-Arbeitsbrigade IV*
*Band 6: Die Erinnerung darf nicht sterben*

* _Der Zweite Weltkrieg:_
  Band 1: Im Einsatz als Luftnachrichtenmann - Auf
  dem Weg in die Hölle Stalingrad
  Band 2: Mit neunzehn Jahren im Kessel von Stalin-
  grad - Es war die Hölle
* _Der Erste Weltkrieg_
  Band 1: Die Westfront - Massenhaftes Sterben in den
  Schützengräben
  Band 2 Die Seeschlachten – Krieg über und unter
  Wasser

## Als Ghost Writers geschrieben:

* _Zwischen 2 Welten - plötzlich ist alles anders (Nah-
toderfahrungen eines Betroffenen)_
* _Traurigkeit_
* _Anna Maria - Mein kleiner Sonnenschein und ihre
Träume_

# Tradition liegt uns am Herzen

Die Bäckerei Eckhart ist ein rationelles Familienunternehmen und so liegt die Leitung der Firma seit Generationen in den Händen der Familienmitglieder.

## Bäckerei Eckardt GmbH, die Backstube

Schon seit jeher backen wir unsere bekannten Semmeln direkt auf der Herdplatte bei ruhender Hitze, um den besonderen Ausbund und den typischen Boden zu erhalten, den unsere Kinder so schätzen. Und den knackigen Biß, die feine Rösche und die lang anhaltende Frische. Unsere Semmelteig wird seit Jahrzehnten nach der gleichen hauseigenen Tradition hergestellt und verarbeitet. Täglich frisch, ohne Zusatz von Konservierungsstoffen. Jede Semmel erhält ihren Schnitt von der Hand und wird nach alten Traditionen in den Ofen eingeschoben und ausgebacken. Natürlich kann man eine Semmel nicht ausbacken.

## Brot, Brötchen und Süßes

Täglich über 10 verschiedene Sorten Brot. Viele verschiedene Sorten Brötchen, von Vollkorn- über Schrotbrötchen bis hin zu unseren leckeren Semmeln. Täglich frischer Kuchen, Plätzchen und Süßes zum Kaffee.

Indische Restaurant Taj Mahal Silge 17, 36433 Bad Salzungen
Telefon 03695 8594650

Ein super pieksauberes Restaurant! Im
Hintergrund läuft tonlos Bollywood auf
hochwertigen Bildschirmen. Das bringt die
Gäste Indien wärend des Essens näher.
Superleckere indische Speisen, sehr große
Auswahl auch an italienischen oder deutschen
Gerichten, wunderbar gewürzte vegetarische
Gerichte, auch glutenfrei möglich. Das Essen
ist spitze, das Getränkeangebot vielseitig und
man fühlt sich gut betreut. Preis, Leistung,
Qualität, Atmosphäre und Ambiente alles
Top. Sehr freundliches, umsichtiges und
nettes Personal.

**Unsere Dienstleistungen:**
Lieferservice
Private Veranstaltungen
Essen zum Mitnehmen
und Hochzeiten

Außenbereich und Parkplätze
sind ebenfalls vorhanden.